Les détails

Cette traduction a été publiée avec le soutien financier du Conseil des arts suédois (Swedish Arts Council), un fait reconnu avec gratitude.

Titre original : *Detaljerna*

Le bruit du monde
68 rue de Rome
13006 Marseille
contact@lebruitdumonde.com

ISBN : 978-2-493-20648-0
Dépôt légal : janvier 2023

Ia Genberg

Les détails

Traduit du suédois par Anna Postel

le bruit du monde

1

Johanna

Cela fait quelques jours que le virus s'est insinué dans mon corps et, au moment où la fièvre grimpe, je suis prise d'une envie de relire un certain roman. Ce n'est qu'en ouvrant le livre, assise dans mon lit, que je comprends pourquoi. Une note est rédigée au stylo bleu sur la première page. L'écriture reconnaissable entre mille.

29 mai 1996
Guéris vite, s'il te plaît.
Il y a des crêpes et du cidre chez Fyra Knop.
Hâte que tu sois remise sur pied pour qu'on puisse y aller ensemble.
Doux baisers (que j'aurais préféré poser sur tes lèvres).
Johanna

Cette fois-là, c'était le paludisme. Transmis quelques semaines plus tôt par un moustique d'Afrique orientale dans une tente non loin du Serengeti. Les symptômes étaient apparus à notre retour et j'avais été admise à l'hôpital de Hudiksvall sans que quiconque ne comprenne pourquoi mon taux d'hémoglobine tutoyait les sommets. Quand le diagnostic était enfin tombé, tous les médecins de l'établissement avaient accouru pour mirer la patiente à la maladie exotique. Le feu brûlait sous mes tempes et, chaque jour à l'aube, j'étais tirée du sommeil par mes propres halètements et des céphalées d'une intensité jamais ressentie. Au retour d'Afrique de l'Est, j'avais immédiatement gagné le Hälsingland pour me rendre au chevet de mon grand-père mourant et, au lieu de cela, j'étais tombée malade et c'était moi qui avais failli y passer. Mon hospitalisation avait duré plus d'une semaine et, quand Johanna m'avait offert le livre, j'étais au fond de mon lit, chez nous à Hägersten, transférée en ambulance *via* Uppsala pour une biopsie du foie. Je ne me rappelle pas le résultat, je ne me rappelle pas grand-chose de ce printemps, mais notre appartement, je ne l'oublierai jamais. Ni le livre. Ni elle. Le roman s'était fondu dans la pyrexie et les céphalées, ne faisait plus qu'un avec elles, et c'est là, quelque part, que se trouve le fil qui court jusqu'ici, une artère sensorielle dont la teneur en fièvre et en frayeur me pousse vers la bibliothèque en quête de ce roman précis. La température et les maux de tête qui refusent de lâcher prise, le bouillonnement de pensées qui se pressent sous mes paupières, le bruissement d'un danger imminent – je reconnais tout cela car je l'ai déjà vécu, avec les boîtes de paracétamol inutiles au pied du lit, les bouteilles d'eau gazeuse que je vide sans parvenir à étancher ma soif. Je ferme à peine les yeux que les images défilent : des sabots de chevaux dans un désert aride, l'obscurité moite d'une cave pleine de fantômes silencieux, de grandes voyelles qui vocifèrent, autrement dit la liste classique des cauchemars qui me tourmentent depuis ma plus tendre enfance, avec le soupçon de mort et d'anéantissement qui accompagne l'idée même de cette maladie.

La littérature était notre jeu favori, à Johanna et moi, nous nous faisions découvrir des écrivains et des thèmes, des époques et des régions, et des œuvres anciennes ou plus contemporaines de différents genres littéraires. Nos goûts étaient similaires tout en étant suffisamment distincts pour déboucher sur des conversations intéressantes. À propos de certaines œuvres, nos points de vue divergeaient (Oates, Bukowski), d'autres nous laissaient toutes les deux indifférentes (Gordimer, la fantasy) et nous partagions un amour pour d'autres encore (Östergren, Krilon, Lessing). Je déduisais ce qu'elle pensait d'un livre à sa vitesse de lecture. Rapide (Kundera, tous les polars), je savais qu'elle s'ennuyait et cherchait à en finir au plus vite ; trop lente (*Le tambour*, toute la science-fiction), elle s'ennuyait tout autant, mais luttait pour avancer. Elle mettait un point d'honneur à terminer les livres qu'elle avait commencés – de même qu'elle avait achevé toutes ses formations, ses dissertations et ses projets. Il y avait en elle une obéissance profondément ancrée, une sorte de respect vis-à-vis de sa mission, aussi pénible fût-elle. Cela lui venait de sa famille, j'imagine, de ses parents créatifs, et d'une détermination à toute épreuve. Quant à elle, elle disait que terminer les choses était une manière de s'armer face à l'avenir, de garder ce qu'elle appelait un *clean sheet*. Pour Johanna, la vie ne se vivait que dans une direction, vers l'avant, toujours vers l'avant. En cela, nous étions différentes – je terminais rarement un projet de grande ampleur. Après avoir passé un an comme vendeuse dans un magasin de proximité, j'avais commencé plusieurs cursus universitaires que j'avais arrêtés ou renvoyés aux calendes grecques, avant de me consacrer à l'écriture. Et même à ce moment-là, lorsque je décidai d'essayer de devenir écrivaine à plein temps, je ne parvins pas à suivre la voie que je m'étais tracée ; je passais mes journées à déambuler dans les quartiers Aspudden, Mälarhöjden, Midsommarkransen et Axelsberg. C'était une époque où un certain nombre d'activités interlopes se pratiquaient non loin du centre-ville, avec des clubs de motards, des salons de tatouage et des vendeurs de cassettes vidéo aux boutiques ténébreuses qui faisaient aussi solarium. Les stations de métro étaient sombres et sales. Tout type d'individus se croisait, des gens qui allaient au boulot, leur attaché-case à la main, des artistes qui louaient des ateliers bon marché dans les zones industrielles, des toxicomanes qui créchaient dans des galetas où les coups de filet n'étaient pas rares, de vieux ivrognes qui traînaient sur la grand-place, bière à la main et visage rubicond ; tout le monde vivait dans ces immeubles à trois étages qui bordaient les rues sinueuses, avec au rez-de-chaussée des magasins bas de plafond d'où émanaient des parfums d'épices étrangères et des restaurants simples au mobilier marron, ouverts uniquement pour déjeuner, et où je restais souvent attablée dans un coin en début d'après-midi, devant mon assiette vide sur un plateau en plastique, à finir d'écluser ma bière en observant les autres clients. Un carnet de notes et un stylo choisi avec soin étaient posés devant moi, mais je les utilisais rarement. Je pouvais passer pour une personne motivée, mais je ne l'étais pas, et dans la pile de livres qui se dressait sur ma table de chevet, il y en avait toujours un ou deux que je n'avais pas finis – bloquée en plein milieu. Je lisais plus volontiers des livres que le suspense insoutenable m'empêchait de lâcher. Il en allait de même pour la plupart des choses, et c'est pourquoi j'avais peu d'obligations dans la vie, peut-être bien trop peu. En réalité, il était rare que je me trouve face à une obligation sans la repousser immédiatement vers un avenir lointain. Ce genre de point de départ ne permettait pas d'avoir un *clean sheet* et j'imagine que Johanna ne pouvait voir cette paresse inhérente à mon caractère que comme un défi à relever. Il y avait quelque chose dans son rythme, son enthousiasme qui me donnait de l'élan, qui me poussait à agir. C'était peut-être cette facette de sa personnalité qui me conférait une telle confiance dans notre relation. Elle avait investi en moi et n'avait pas l'intention d'abandonner. Elle ne partirait pas, elle ne céderait jamais à la lubie soudaine de me quitter. Je me détendis, me laissai aller. Elle était si solide, dévouée, loyale. Voudrait-elle un jour rompre avec moi ? Non, pensais-je. Non, jamais.

Le livre que je tiens entre les mains est la *Trilogie new-yorkaise*. Auster. Fermé et souple à la fois, si simple et pourtant un peu tordu, aussi lucide que paranoïaque. Entre chaque mot s'ouvrait un ciel. Sur ce point, nous tombions d'accord, Johanna et moi. Quand la fièvre fut retombée quelques semaines plus tard, je me replongeai dedans pour y chercher des défauts, pour voir si je mettais le doigt sur quelque chose ou si le roman était capable de m'ennuyer, mais pas un seul paragraphe ne me parut problématique. Peu de temps après, je lus *Moon Palace* avec le même émerveillement. Auster devint alors un point cardinal, quand je lisais, mais aussi quand j'écrivais – même si je l'ai ensuite oublié, j'ai cessé d'acheter ses nouveaux livres. La simplicité affûtée resta un idéal, d'abord associée à son nom, et qui avait continué sans lui. Certains livres vous restent dans la moelle après que les détails et les noms ont disparu, et lorsque bien plus tard je me rendis à Brooklyn pour la première fois, je cherchai son adresse comme une évidence. Le nouveau millénaire avait quelques années et Johanna m'avait quittée depuis longtemps pour quelqu'un d'autre, de manière inattendue et brutale, absolument glaciale. À l'instant où je scrutais l'escalier qui menait à la maison en briques rouges de Brooklyn où Paul Auster et Siri Hustvedt vivaient leur vie et écrivaient leurs livres, j'étais depuis un certain temps en couple avec un homme qui, à ce moment précis, dégustait des crêpes dans un café avec ma fille. Grâce aux méandres du temps, je pouvais me tenir là, à Park Slope, comme si Johanna se trouvait tout contre moi, je pouvais l'entendre prononcer quelques phrases sur le thème du hasard, que je comprendrais bien plus tard, et nous pouvions toutes les deux entrevoir un mouvement derrière un rideau à l'étage.

À l'instar de cette fièvre-ci, le paludisme avait installé dans mon corps une sorte d'éternité, la maladie était devenue, semblait-il, un état permanent. Nous étions allées rendre visite à deux de ses amis qui travaillaient dans ce qu'on appelait alors « l'humanitaire », un concept qui paraissait pouvoir englober tout et n'importe quoi. Au bout de deux semaines avec eux, leur mission était encore obscure à mes yeux, le premier réalisait un film pour une organisation, un film qui serait peut-être diffusé lors d'une conférence, si la conférence avait réellement lieu et si le film était finalisé, et le second semblait ne rien faire d'autre que suivre son compagnon, transportant le trépied de la caméra. Ils devaient rester trois mois puis poursuivre leur route vers le sud. La nuit en tente non loin du Serengeti fut notre dernière dans le pays et aucune d'entre nous ne remarqua le moustique, alors même que nous dormions sous la même moustiquaire, mais dans l'avion du retour, je découvris trois piqûres au coude qui démangeaient fortement. Johanna, elle, était indemne. La fièvre n'avait pas persisté plus de deux ou trois semaines, peut-être quatre, mais j'eus l'impression d'être clouée au lit pendant des mois. Johanna me tamponnait le front, m'achetait des pâtisseries au salon de thé de la place, minuscules, adaptées à mon appétit limité. Elle n'aimait pas les os de mes hanches qui commençaient à saillir, disait-elle, mais j'étais sûre que ça la fascinait en secret. Elle préparait des soupes à la crème, grillait du pain au four, sur lequel elle laissait fondre de grosses noix de beurre. J'éprouvais une reconnaissance infinie – la nourriture, les cadeaux, les livres de poche agrémentés d'inscriptions poétiques. Elle venait d'une famille aimante de classe moyenne supérieure originaire de Täby, c'était ainsi qu'on offrait des cadeaux chez elle, pour des occasions, mais aussi sans raison particulière, dans des emballages élégants, avec une jolie carte logée sous un nœud élaboré. L'acte d'offrir était toujours empreint de solennité, même quand le présent était simple et glissé sur la table autour d'un déjeuner. Dans son monde, il n'était pas seulement question d'emballage et de contenu, mais aussi du degré de surprise, du timing et des références au passé et à un avenir éventuel. Chaque offrande s'intégrait dans un entrelacs de renvois, de clins d'œil et de sous-entendus. *A posteriori*, l'accumulation de dons de sa part était devenue un fardeau, car j'avais toujours un train de retard. Ses présents étaient trop nombreux, trop onéreux et bien trop porteurs de promesses, sans compter qu'elle avait l'œil pour les belles choses, elle avait trouvé la montre parfaite dans une boutique de musée et, dans un cinéma menacé de fermeture, elle avait fait l'acquisition d'un plateau sur lequel était imprimée une affiche. J'ai gardé les deux, mes enfants se sont demandé qui était Monika et qui avait passé un été en noir et blanc avec elle, et la tocante est rangée dans une trousse, en panne et dépourvue de bracelet, mais je n'en ai jamais retrouvé une aussi belle. La brutalité du départ de Johanna m'a poussée à me débarrasser de certaines de ses offrandes et en remiser d'autres dans un grenier pour les ressortir après coup, une fois ma colère apaisée. Lorsqu'elle offrait un cadeau, sa valeur pécuniaire était purement accessoire. L'argent était un non-sujet. Elle ne percevait pas de bourse étudiante comme nous autres (nous nous sommes rencontrées pendant un cours de journalisme à l'université), mais possédait une carte Visa associée à un compte bancaire que ses parents créditaient selon ses besoins. Pour moi, qui avais quitté le domicile parental et étais devenue financièrement indépendante à l'âge de seize ans, et qui avais derrière moi plusieurs formations inachevées, chaque dépense exigeait un sacrifice sur une autre ligne budgétaire. Hormis les livres, je doute qu'elle ait gardé aucun de mes cadeaux : l'appareil photo de poche, la robe de chambre en soie artificielle, les dessins encadrés d'un bédéiste à la mode à l'époque, mais aujourd'hui tombé dans l'oubli. Les présents que je lui faisais, l'acte même de les lui offrir, m'emplissaient d'un sentiment d'imperfection – malgré moi, je ne pouvais faire abstraction de leur prix modique et leur relative rareté. Comparée à elle, j'étais malhabile, tout à coup consciente du fossé financier qui nous séparait et de ce que pouvait impliquer une absence de bon goût. Le genre de chose qui, hormis à ces occasions, n'existait que dans le sous-bois de notre vie commune. Nous n'en parlions jamais. Peut-être y avait-il aussi dans sa manière de donner une dose de violence, une autorité triomphante réaffirmée chaque fois qu'elle poussait dans ma direction sur la table une boîte carrée (un collier avec un pendentif en forme de goutte d'eau irrégulière en argent), ou plaçait un énorme paquet au milieu du salon (des patins à glace de randonnée avec chaussures adaptées et pics à glace), ou posait sur mon oreiller un livre nouvellement publié et emballé (*Funeste gondole*), ou rentrait avec une boîte de pâtisseries de chez Gunnarson qu'elle balançait sous mon nez avant de la poser sur la table entre nos tasses de thé. Cette générosité ne lui coûtait rien, mais elle savait que j'étais incapable de rivaliser. Elle lui conférait par conséquent une supériorité secrète. Lorsque j'étais à sec, c'était elle qui remplissait le frigidaire et les placards – elle rapportait du fromage de la crèmerie du marché couvert, du jus d'orange pressé minute et du café fraîchement moulu dans des sachets en papier kraft acheté chez le torréfacteur de Linnégatan. À une occasion, sans doute au moment où tout était terminé, j'ai pensé : est-ce cela la violence structurelle ? Apprendre inconsciemment à quelqu'un ce qu'est un cadeau, où se le procurer et de quelle manière il doit être livré ? Ne jamais acheter le produit le moins cher, comme je le faisais habituellement – que ce soit un pantalon, du pesto, un ordinateur ou une poêle, – mais celui de la meilleure qualité ? Quelques années plus tard, je compris que toutes mes réflexions sur la violence latente des dons étaient le fruit de mon imagination, découlant de mon expérience de l'abandon, et construites *a posteriori* par une conscience indignée. Si Johanna m'a offert la *Trilogie new-yorkaise*, ce n'était que par bienveillance, rien de plus, et les baisers de l'inscription (qu'elle aurait préféré poser sur mes lèvres) étaient aussi authentiques que peuvent l'être des baisers au stylo bleu sur une page de garde.

Lire dans un état fiévreux est une loterie. Le contenu du texte peut soit s'anéantir, soit se ficher profondément dans les failles créées fortuitement lorsque la température corporelle grimpe. C'est pourquoi la *Trilogie new-yorkaise* m'a touchée d'une manière que je ne parviendrai jamais à comprendre et c'est pourquoi je ressors ce roman aujourd'hui, à peine vingt-cinq ans plus tard, avec une fièvre tout à fait différente qui brûle sous mes paupières. Une fièvre tout à fait différente, écris-je, et pourtant tous les épisodes de fièvres sont identiques. Les mêmes cauchemars, la même détresse. Dans un temps replié, comme il semble devenir sous l'effet de la température, je peux soudain me trouver tout contre moi-même vingt-quatre ans plus tôt. La frontière de la folie a été fixée à trente-neuf degrés, mais un peu au-dessous, autour de trente-huit, se trouve une vallée facilement discernable où je passerais volontiers mes journées. Un niveau où l'on baisse la garde, où les formes du passé ont le droit de se manifester sans ressembler à des fantômes. Trente-huit est une température où la capacité du corps à se maintenir en vie est intacte, tandis que l'envie d'être une créature sociale active et à la page diminue, et pour quiconque supporte la présence du passé comme une meute de chiens autour de ses mollets, cette vallée offre une agréable lassitude. Je me rappelle les fièvres de mon enfance, toutes ces poussées de fièvre antérieures à l'invention des thermomètres rapides, où la prise de température impliquait vaseline et persévérance, où ma mère contemplait la barre de mercure bleu et constatait ce que je sentais déjà dans mon corps : trente-huit degrés, un jour qui se dissout paresseusement, de minces parois entre moi et le monde. À trente-huit, il n'y a plus rien chez moi qui murmure « en avant ». N'est-ce pas cela, au fond, l'injonction qui fait tourner le monde ? En avant, en avant.

J'avais abandonné, avant la fin du premier semestre, la formation universitaire au cours de laquelle nous nous sommes rencontrées. J'avais décidé, cédant à la force de persuasion et à l'enthousiasme de Johanna, de donner sa chance à l'écriture et je m'étais lancée dans le projet de nouvelles auquel je réfléchissais depuis longtemps, un recueil d'histoires autour d'un thème commun, dont la qualité aurait pu être au rendez-vous si seulement j'en avais achevé quelques-unes. J'avançais un peu, et au milieu de chaque récit ou un peu plus loin, je me décourageais. En avant, c'est une direction réservée aux gens qui ont de la vitesse, tandis que je passais mes journées à fignoler des phrases que je finissais par biffer. Johanna avait complété la formation, naturellement, et trouvé, avec un coup de pouce de son influent géniteur, un emploi à la radio locale. Quand elle rentrait vers dix-huit ou dix-neuf heures, elle se postait derrière moi auprès du grand bureau et baissait les yeux vers l'écran, si je le lui permettais, ce que je faisais habituellement, puis elle opinait du chef en souriant. Même les fois où apparaissaient peu ou prou les mêmes phrases que la veille, elle se montrait encourageante. Je n'avais jamais autorisé quiconque à lire mes écrits, mais avec elle, cela semblait naturel – sans doute parce qu'elle analysait la moindre de mes formulations avec la plus grande attention. J'avais beau comprendre qu'elle confondait ses baisers sur mes lèvres et son appréciation de mon texte, sa bienveillance m'encourageait à poursuivre.

Cela devint un jeu où ses conseils pouvaient être aussi concrets que le doigt qu'elle posait sur l'écran, « Ce serait mieux qu'ils finissent ensemble », pouvait-elle suggérer, ou « Il faut qu'elle soit encore plus folle », et le lendemain, à son retour, c'était chose faite. Il s'avéra que chaque récit avait besoin de l'imposition de ses mains pour être finalisé, comme si elle ne se contentait pas de lire mes intentions mieux que moi, mais qu'elle était aussi la seule à voir où elles pouvaient mener. Naquit en moi quelque chose qui ressemblait à un bonheur de travailler et je parvins à établir une routine d'écriture, comprenant une production quotidienne déterminée. Réussir à m'extirper des abîmes dans lesquels pouvait me plonger ce douloureux exercice me procurait une certaine joie et je découvris que les efforts déployés un jour donné pouvaient être répétés le lendemain et les jours suivants. Au bout de quelques semaines, l'habitude d'écrire avait remplacé les rares flambées d'inspiration, jadis moteur de ma création, mais qui ne me poussaient à produire que quelques pages à la fois, parmi lesquelles seules une ou deux résistaient à un examen approfondi. Je me concentrai, surmontai ma peur, devins méthodique, gagnai en endurance, écoutai les compliments et les conseils de Johanna. Je me mis à réécrire et à enrichir mes textes, à persévérer. Les baisses de régime qui m'affectaient habituellement avaient miraculeusement disparu. À présent, je me trouvais dans l'espace de Johanna, dans une étreinte chaude et productive. Elle empilait les superlatifs, un vrai battage, et ses mots vinrent en quelque sorte légitimer la voie dans laquelle je m'étais engagée. Après, lorsqu'elle eut disparu avec ses livres et ses vêtements, me laissant dans un appartement poussiéreux, trop cher pour moi, encombré de meubles dont je n'avais que faire, je compris que sa dévotion m'avait liée à elle, ou plus exactement, que sa dévotion avait lié à elle mes capacités. Avec elle avait disparu ma seule et unique lectrice, ma lectrice la plus minutieuse et encourageante ; les obstacles qui m'empêchaient d'achever un texte se dressaient à présent, insurmontables. Au fil des années, j'ai essayé, consciemment et inconsciemment, un nombre incalculable de fois, de reproduire la situation avec d'autres personnes. Après Johanna, j'ai été en couple avec des hommes et des femmes qui aimaient la littérature, mais refusaient de lire mes textes, ou qui acceptaient de les lire, mais n'y comprenaient rien, ou qui comprenaient, mais n'avaient rien d'intelligent à dire, ou qui ne comprenaient tout simplement pas pourquoi j'essayais d'écrire ; des hommes et des femmes qui aimaient le mauvais genre de littérature (uniquement des polars) ou le bon genre de littérature, mais pour les mauvaises raisons (Ellroy, pour sa dureté), ou qui aimaient la même chose que moi pour les mêmes raisons, mais qui ne voyaient pas l'intérêt d'en parler, ou qui estimaient tout simplement que la littérature était une forme d'art dépassée. Aucun d'entre eux ne parvint à confondre les baisers sur mes lèvres et autre chose. Les baisers étaient là où ils étaient (sur mes lèvres) et nulle part ailleurs dans ma vie ou mes velléités de création.

Peut-être est-ce le hasard qui suscite chez moi le désir de relire la *Trilogie new-yorkaise*, mais c'est plus probablement la fièvre qui tiraille le nerf longeant les vertèbres cervicales et dépasse ma gorge enflée jusqu'au théâtre des frissons et des cauchemars. En un sens, la vie se renouvelle chaque jour, à chaque instant, mais d'un autre point de vue, je reviens toujours aux mêmes lieux en moi-même. Nous adulions le hasard, Johanna et moi, comme le font tous les couples qui se sont rencontrés par son entremise, et c'est la raison pour laquelle les livres d'Auster nous fascinaient. Il n'y a sans doute aucun autre auteur qui, aussi consciemment, fait intervenir le hasard comme acteur de toute l'intrigue. Lorsque nous nous sommes connues, nous étions toutes les deux en couple, elle avec une femme et moi avec un homme qui venait de me demander en mariage, et les circonstances avaient fait que nous nous étions toutes les deux inscrites à la même formation universitaire. Avant même que le professeur fasse l'appel, je savais que je décrocherais, ce qui ne m'avait pas empêchée d'assister aux cours, et je m'étais même présentée au premier examen. Quand j'étais arrivée au pub après l'épreuve, il ne restait qu'une seule place. La veille, nos regards s'étaient croisés au-dessus d'un groupe d'étudiants dans un amphi. Dans le pub, elle était assise au bout d'une longue table. Elle portait un chemisier noir sans col et un jean. Nos bras commencèrent à se côtoyer sur la table, électrifiant l'atmosphère jusque tard dans la nuit lorsque nous restâmes en tête à tête. Le lundi suivant, nous quittâmes toutes les deux notre douce moitié dans deux scènes séparées, mais intrinsèquement liées, et la semaine suivante, nous emménageâmes ensemble dans un appartement à Hägersten dont un camarade de cours avait hérité et qu'il cherchait à louer. J'avais vingt-sept ans, Johanna en avait vingt-quatre. Nous nous installâmes l'une dans l'autre comme seuls le font les gens sûrs de passer leur vie ensemble, comme si l'assurance nous avait été donnée que rien ne nous séparerait avant la mort. Nous mêlâmes nos livres et nos objets sans distinction ni étiquetage et tout ce qui était acheté (mixeur plongeur, meubles de balcon, *Les pièces mortes* de Norén) l'était pour un usage commun, c'était sous-entendu, sans qu'il y ait besoin de le préciser. Il n'y avait aucun projet d'avenir, aucune sortie au théâtre, aucun voyage, divertissement ou déménagement qui ne nous impliquait toutes les deux, et à mesure que le temps passait, nos références et nos expériences communes se décuplèrent jusqu'à ce que nos vies soient remplies à ras bord. Elle était mon personnage principal. Ma vie était Johanna – les conversations que nous avions, l'endroit sur Terre que nous partagions. Jamais plus je n'aurais tant confiance en quelqu'un, jamais plus je ne serais aussi sûre d'avoir quelqu'un à moi. Même bien plus tard, lorsque je plongeai pour la première fois mon regard dans les yeux sombres de ma fille à peine venue au monde, je ne fus pas aussi certaine d'avoir quelqu'un à moi.

À cette époque, au milieu des années quatre-vingt-dix, les endroits comme Fyra Knop étaient rares. Les tables en bois qui n'étaient pas mises, l'homme debout à côté de l'escalier près de l'entrée qui versait de la pâte dans de grandes poêles à crêpe, les bouteilles robustes d'un litre de cidre, tout cela avait quelque chose de cru. Le restaurant était petit et enfumé, les tables serrées, et quand nous parvenions enfin à le quitter, il était souvent tard, comme si l'heure tournait différemment, de manière plus internationale. Le serveur avait glissé un torchon plié dans la ceinture de son tablier. Il répétait la commande en français sans la noter et de temps en temps – ce geste était d'ailleurs uniquement théâtral, ce qui ne le lui enlevait rien – il se saisissait dudit torchon pour essuyer une tache invisible sur une table. Entre dix-huit et vingt-trois heures, la clochette de la porte tintait sans discontinuer et des gens passaient une tête en quête d'une table libre. L'hiver, des nuages de vapeur chaude et de fumée de cigarette s'échappaient sur le trottoir chaque fois que la porte s'ouvrait. Nous y allions avec des camarades de cours, les miens, les siens, ou les deux, avec ma meilleure amie Sally, avec d'autres amis, avec les frères et sœurs de Johanna ou avec un de ses nouveaux collègues de la radio locale. Il s'agissait d'arriver tôt pour s'installer à l'une des grandes tables, puis la soirée s'écoulait librement tandis que les assiettes et les bouteilles arrivaient et repartaient, des galettes chèvre, miel et épinards, des crêpes chocolat, pistache et sucre de canne. Johanna et moi mangions dans l'assiette l'une de l'autre comme des sœurs, jamais je n'avais fait ça et ne le ferai jamais plus, avec personne. Nous pouvions commander une galette en arrivant vers dix-huit heures et demander la suivante deux heures plus tard. Pendant ce temps-là, les convives changeaient de place, arrivaient ou partaient, les cendriers se remplissaient et se vidaient, des sujets étaient abordés, abandonnés, repris. Ensuite, vers vingt heures, on réclamait une nouvelle tournée de galettes, ou de crêpes, et rebelote. L'homme au torchon revenait essuyer quelques taches, ramenait des verres et des carafes, parlait français avec Johanna et d'autres qui comprenaient. Puis elle et moi nous asseyions l'une en face de l'autre dans le métro pour rentrer chez nous, la ligne rouge depuis Slussen, et nous poursuivions notre discussion. C'était comme une seule et même conversation qui ne s'arrêtait jamais, pas même quand nous étions séparées, pas même le premier Noël que nous fêtâmes chacune de notre côté. Pour ma part, la conversation avec Johanna continua bien après son départ. Peut-être n'a-t-elle jamais vraiment cessé.

C'était à l'issue d'une soirée au Fyra Knop que je fus témoin pour la première fois de ce brusque changement atmosphérique, ce spectacle que j'appellerai plus tard « la froideur ». Évidemment, je mens en écrivant ces lignes. Je l'avais compris dès l'aube de notre relation ; un instant, elle pouvait m'être totalement dévouée et, l'instant suivant, répondre au téléphone comme si elle était au bureau. Ou *vice versa*. Elle pouvait rentrer le soir, balancer son manteau contre le mur, se répandre en invectives contre un incident qui s'était produit pendant la journée et, au beau milieu d'une phrase, au cours même d'une inspiration, poser les yeux sur moi et ébaucher un sourire. Elle avait un tempérament calme et froid et pouvait changer d'humeur à la demande. C'était une compétence particulière qui dissonait avec ses autres dispositions. À mon sens, sa capacité à passer d'un état émotionnel à un autre était aussi admirable qu'effrayante. Cela dénotait ce qu'on appelle « une totale maîtrise de soi », signe de maturité, pourrait-on dire, mais cela lui donnait en même temps un côté inhumain, une température inhumaine. Quant à moi, je pouvais ressasser une conversation toute une soirée, incapable d'actionner le bouton marche/arrêt de mes émotions. Le passé ne m'a jamais laissée en paix, et je sais que Johanna trouvait cela pathétique. « Il faut simplement lâcher prise », me disait-elle, mais je n'avais pas la moindre idée de la marche à suivre. Je ne pouvais pas choisir de lâcher ou de garder mes sentiments, c'étaient plutôt eux qui finissaient par abandonner et me laisser partir.

Ce soir-là, dans le métro, un homme aviné empestant l'alcool était monté à la station Zinkensdamm, s'était laissé tomber sur un siège de l'autre côté de l'allée et nous avait adressé la parole, comme le font souvent les ivrognes. N'ayant aucune envie d'interrompre notre conversation, nous l'avions ignoré. Je lui avais adressé un sourire poli signifiant mon refus. Il avait continué à déblatérer, plutôt comme s'il se parlait à lui-même en fait, mais Johanna avait tourné le haut du corps vers lui et lui avait infligé une rebuffade bien formulée et absolument glaciale. Je ne l'avais jamais entendue parler de la sorte avec quiconque, je crois que les mots « étron », « face de faisselle » et « pisse de porc » furent prononcés, et quand elle eut fini, l'expression de son visage changea tandis qu'elle se tournait vers moi. C'est comme si elle avait enfilé et retiré un masque au cours de ce mouvement d'une seconde, mais je ne savais pas si le masque avait été enfilé ou ôté quand elle était revenue à notre conversation. Tandis que je jetais des coups d'œil discrets à l'homme, avec ma sensibilité à fleur de peau et ma peur des conflits, Johanna reprenait la conversation de sa voix habituelle. J'attendais le moment où elle se mettrait à glousser et à révéler son jeu d'actrice ou bien où elle commenterait l'événement d'une autre manière, mais elle continuait à converser. L'homme était descendu en titubant à Liljeholmen et nous avions continué notre trajet. Une fois au lit, je lui avais demandé : « Tu as ça en toi ? » Elle ne comprenait pas où je voulais en venir, affichait un air sincèrement étonné. « Cette capacité à passer d'une émotion à une autre. Le type dans le métro. Tu avais l'air totalement indifférente. » Elle avait ri. « *J'étais* totalement indifférente. » Elle souriait toujours, attendait la suite. « Tu l'as engueulé comme si de rien n'était. Tu avais l'air aussi détachée que si tu lui avais demandé l'heure. » Elle avait haussé les épaules. « Et alors ? » J'avais pris sa main, comme pour adoucir ce que je m'apprêtais à lui dire. « J'ai été frappée par le fait que tu puisses lui parler comme ça et ensuite reprendre la conversation avec moi, dans un même souffle. Comme si tu ne ressentais rien. » Johanna avait secoué la tête et lâché ma main. « Qu'est-ce que tu sous-entends ? » Elle ne souriait plus. La température entre nous avait chuté et je regrettais d'avoir mentionné cet incident. Après le bref épisode de l'homme dans le métro, dont nous ne reparlâmes jamais, je compris que *la froideur* faisait partie d'elle – non comme un dysfonctionnement, mais comme un instrument, un petit espace polaire dont elle pouvait faire usage.

La décision de ne plus jamais essayer d'écrire fut prise plusieurs années après le départ de Johanna, en l'espace d'une minute, alors que j'émincais un oignon chez Sally. Cet été-là, j'avais de nouveau suivi un atelier d'écriture, sans terminer aucun des textes que j'avais ébauchés. Les autres participants avaient rapidement absorbé les conseils du professeur – nous concentrer sur le flux – et ils étaient rentrés chez eux avec des pochettes pleines de manuscrits achevés. L'atelier était mélangé et ouvert à tous, il accueillait de pimpants retraités, des adolescents motivés et quelques passagers clandestins qui étaient surtout là pour profiter de la grande pelouse du centre de formation le soir et boire du vin – mais tous les participants étaient satisfaits et achevèrent leur manuscrit. Sur les deux points, j'étais différente. Le premier jour, je m'étais rapprochée du professeur pour susciter sa bienveillance et attirer ses compliments. Il jugea que mes textes possédaient ce qu'il appelait « une attention mélancolique aux détails » doublée d'« une précision inexacte ». J'ai passé pas mal de temps à essayer de comprendre ce que ces commentaires abstraits pouvaient bien signifier jusqu'à ce que je découvre qu'il usait du même genre d'image avec tous les participants ; leur œuvre possédait une « distance ingénieuse » , une « brutalité désarmante », ou proposait une « opposition solaire ». Tous sauf moi semblaient trouver du sens dans ces syntagmes stupides. Le formateur était lui-même écrivain, avait derrière lui quelques recueils de poésie et des romans, parlait de son écriture en termes de « magie de la création », de « processus inconscient » et de « soudaines idées célestes domptées ». Sally rit à gorge déployée quand je lui en parlai puis elle me regarda, brandissant la louche qu'elle utilisait pour remuer une marmite d'épinards à l'ail. « Mais une attention mélancolique aux détails, c'est en plein dans le mille. » Nous préparions une lasagne, ma fille dormait dans son landau dans l'entrée, j'allumai le four et allai chercher un gros oignon dans le garde-manger, coupai la racine et le germe vert. C'est alors que je tombai nez à nez avec un de ces rares instants où tout s'additionna devant moi : mon troisième atelier d'écriture qui n'avait rien débloqué, mes amis compréhensifs qui commençaient tout de même à se poser des questions, le fait que j'aie été économiquement dépendante des autres, que j'aie dû contracter des prêts étudiants, des crédits bancaires, accepter des boulots alimentaires, tout ça pour retourner dans cet *espace*. J'épluchai l'oignon, jetai la peau cassante, sortit une planche à découper, tranchai le bulbe en deux avant de le détailler en fines rondelles. Il me sembla tout à coup évident que cet espace intérieur s'était déjà refermé à la fin du siècle dernier. C'était une simple constatation, comme jeter un coup d'œil par la fenêtre et dire « il pleut ». La deuxième constatation, qui suivait la première, partageait son évidence et sa simplicité : toutes mes tentatives d'écritures étaient une quête vaine d'une chose à jamais perdue. L'oignon était à moitié émincé, la décision à demi prise. La troisième constatation s'est présentée à moi comme une image : un champ ouvert devant moi, sans ambition qui me titille, sans exigence d'idées, sans projet, sans vanité. Sans échecs à répétition. J'abandonnais, j'étais libre. Plusieurs langues utilisent le même mot pour exprimer « le pardon » et « la liberté », une évidence, pourrait-on dire, mais je prenais à présent conscience que le mot « lâcher » pouvait être prononcé dans le même souffle. Les lamelles, parfaites, étaient posées devant moi. Sally me regarda. « C'est l'oignon ? » Elle s'empara de la planche à découper et fit glisser le tout dans la poêle. « Ou tu pleures vraiment ? »

Johanna devint une figure de mon passé, une parmi bien d'autres, et si elle n'était pas aujourd'hui un personnage public, j'aurais sans doute réussi à l'oublier avec plus de succès. Le souvenir aurait pâli et ne serait revenu à moi qu'au cours d'un rare accès de fièvre ou dans des instants d'autoapitoiement et de mélancolie. Il aurait fané, se serait dilué, comme sur les peintures mal restaurées, ne seraient restés que quelques fragments isolés. J'aurais pu passer devant Fyra Knop et être touchée par une odeur associée à une voix, j'aurais pu penser à elle brièvement en passant devant le torréfacteur de la rue Linnégatan, ou m'arrêter sur un article traitant de la pénible genèse de *Funeste gondole* à l'occasion du décès de Tranströmer. À l'instar de la plupart des gens qui ont été quittés, je nourrissais l'espoir simple de ne jamais plus la revoir. C'est dans la nature de la séparation, pensais-je : si je ne pouvais pas l'avoir en permanence, je ne voulais pas l'avoir du tout, je ne voulais pas entendre son nom, entrevoir son visage ou quoi que ce soit d'autre qui ferait naître le souvenir de ses baisers (sur mes lèvres). La rupture elle-même fut soudaine et glaciale, c'était fini en moins d'une semaine (découverte d'un mot d'amour dans la poche d'un manteau, coup d'œil par la fente de la boîte aux lettres dans une entrée inconnue, coups de téléphone nocturnes, sanglots inconsolables à l'heure de pointe, cartons de déménagement dans un coffre trop petit), après quoi je passai des soirées entières dans le canapé de Sally, vin et café, immobilité totale, plus incapable que je ne l'avais jamais été, et je ne savais qu'une chose de mon avenir : je ne voulais plus jamais voir Johanna.

Mais de la même manière qu'on ne choisit pas sa mort, on ne peut pas choisir la suite d'une relation terminée. Sa carrière avait été fulgurante, son ascension semblait sans limites, comme si notre relation avait été un frein. Cela n'étonna personne, il y avait quelque chose chez elle qui correspondait bien à un succès public, elle avait le regard, le sourire, et toute une panoplie jamais épuisée de points de vue possibles. Elle était capable de s'orienter, de se faire une idée sur un sujet en une minute, ou plus exactement : une soi-disant « idée », un avis plutôt qui pouvait très bien – comme un jeu – se retourner et se convertir en son contraire en une minute, comme si le sujet n'était qu'une inévitable annexe à l'agilité verbale qui pouvait être exhibée dans sa lumière. Cela lui venait de sa famille où l'élégance de l'argumentation pesait plus que le point de vue, et où chaque dîner s'inscrivait dans la joute verbale qui avait duré la vingtaine d'années où elle vivait chez ses parents et qui continuait chaque fois qu'elle leur rendait visite. Son frère et sa sœur étaient comme elle, toujours prêts à laisser chaque sujet se dissoudre dans la somme de ses parties. Dans la famille de Johanna, personne n'élevait la voix, on accélérait simplement le tempo en augmentant le nombre de phrases subordonnées. Ça m'attirait, je l'inhalais, je me laissais féconder par sa manière de parler et d'être. Je m'adaptais, créais ma propre version, la laissais me transformer à jamais. Le moi n'est rien d'autre que cela, le soi-disant « moi » : les vestiges laissés par les personnes contre lesquelles nous nous frottons. J'aimais les mots et les gestes de Johanna, et je leur permis de devenir une partie de moi, consciemment ou non. C'est sans doute cela le cœur de nos relations, et c'est sans doute la raison pour laquelle, en un sens, elles ne sont jamais terminées.

À vrai dire, je l'avais compris immédiatement, dès le jour où elle avait obtenu son premier poste à la radio locale – elle allait devenir une personnalité publique, ce n'était qu'une question de temps. Un an après m'avoir quittée, elle menait déjà des interviews d'une heure à la radio nationale et j'avais l'impression qu'on entendait sa voix éraillée partout, même dans d'autres émissions. Puis son nom était devenu un *nom* ; pendant un moment, elle fut correspondante à l'étranger, elle était photographiée à des premières, interviewée dans les journaux, et elle apparaissait dans différentes émissions de télévision. Elle était considérée comme une présentatrice très compétente bien qu'un peu froide. Ainsi s'était terminée notre relation, à savoir qu'elle ne s'était jamais vraiment terminée – pour ma part. Son nom, qui vivait dans une case de plus en plus étriquée de ma mémoire, était à présent un nom qui sortait de ma radio, de ma télévision, prononcé avec une nuance tout autre, un nom qui faisait partie du cocktail de noms connus et à demi connus qui, associés à un visage, tournaient dans l'espace public. Il arrive que des connaissances me demandent : « Cette présentatrice… toi et elle, vous n'étiez pas… ? » avec un sourire si plein d'espoir que je comprends qu'ils connaissent déjà la réponse et ne recherchent que quelques ragots croustillants. La plupart du temps, je nie, parfois je réponds quelque chose du genre « C'était tellement court que je me souviens à peine d'elle », et d'autres fois « Oui, mais ça fait un bail ». Rapporter quelques détails humiliants ne me vient pas à l'esprit, je me sentirais comme une moins que rien si je colportais des commérages. Je préfère essayer de deviner comment Johanna répondrait à la même question. « Je me souviens à peine d'elle » ou « C'était il y a si longtemps », c'est sans doute à peu près ce qu'elle dirait si quelqu'un avait l'idée de lui parler de moi.

A posteriori, j'ai appris à apprécier sa présence dans l'espace public, parce qu'il reste quelque chose de nous dans sa manière de s'exprimer. Ses mots sont parfois si familiers que j'y entends ma propre voix, elle choisit *empoignade* plutôt que *bagarre*, elle prolonge certaines voyelles, elle utilise des mots comme « pandémonium », « embourbé », ou « impécunieux », des mots que nous avions inventés ensemble lorsque nous avions redécouvert l'alphabet. Une seule fois, j'ai éteint la radio alors qu'elle était à l'antenne. Je ne peux pas préciser la date, mais c'était un vendredi soir. L'événement était si trivial, si marginal que je suis sans doute la seule à l'avoir remarqué, comme un fou qui voit des messages personnels dans les articles de journaux, mais cela n'était pas un signe de folie – en tout cas, pas de mon côté. C'était une simple observation. Pour une obscure raison, elle faisait partie d'un panel dans une émission radio qui, c'était dans l'air du temps, mêlait l'actualité, la culture et l'humour sans que quiconque ne se sente heurté, et quand un homme du panel avait recommandé la lecture du dernier roman de Paul Auster, Johanna s'était écriée, à brûle-pourpoint : « Je n'ai jamais aimé Paul Auster. » La réplique était abrupte, Johanna avait fait feu sans qu'on lui donne la parole, comme si elle attendait, pistolet brandi, le bon moment pour tirer. Le dessein de cette déclaration devait être cryptique pour les autres membres du panel. D'ailleurs, personne n'a réagi. La conversation a continué dans une autre direction. Mais ses mots m'ont marquée. Elle aurait aussi bien pu dire « Je n'ai jamais vécu à Hägersten » ou « J'ai horreur des crêpes ». Essayer de démêler les tenants et les aboutissants de cette réplique me ferait passer pour une cinglée aux yeux du plus grand nombre, c'est pourquoi je m'y refuse. Une cinglée solitaire, une cinglée prétentieuse avec une vie amère que ni Paul Auster ni aucun autre auteur n'aurait la force de décrire dans les détails. Et c'est pourquoi je m'y refuse.

2

Niki

Il fut un temps, pas si lointain, où les personnes disparues étaient difficiles à retrouver. Nombre de mes contemporains se souviennent encore de ce que c'était de perdre réellement quelqu'un, de ronger son frein en attendant la nouvelle édition de l'annuaire téléphonique, de le transporter depuis le seuil de sa maison, une pile de plusieurs catalogues, de A à M et de N à Ö, augmentés des Pages jaunes, un ballot de six ou sept kilogrammes sous plastique, et de s'asseoir par terre dans l'entrée, de laisser glisser son doigt de haut en bas sur les pages à la recherche du nom d'une personne qu'on avait perdue pour voir s'il y figurait cette année. Seuls les individus disposant d'un abonnement téléphonique à leur nom étaient listés dans le bottin, c'est-à-dire que toutes les personnes sans adresse fixe, qui déménageaient souvent, qui venaient de s'installer en concubinage, qui sous-louaient leur appartement, qui venaient de changer de ville ou de pays, ou qui refusaient tout simplement de voir leur numéro imprimé et rendu public, se retrouvaient dans une marée humaine non répertoriée. Pour y trouver quelqu'un, il fallait s'en remettre au destin. J'ai perdu tant de personnes, pendant de courtes et de longues périodes, des heures et des vies de recherche, parfois intensive et désespérée pendant une semaine ou deux, parfois distraite et chronique, pourrait-on dire, pendant des décennies. J'ai perdu Danne juste après notre arrivée au festival de Roskilde et, le premier jour, j'ai assisté au concert de Simple Minds en solo au milieu de la foule. J'ai dû monter ma tente seule à côté de parfaits inconnus et j'ai consacré une journée entière à une errance vaine jusqu'à ce que je tombe sur quelqu'un de notre groupe dans la queue des toilettes. Les retrouvailles furent mémorables et toute cette histoire, comme le reste de cet été, était devenue, à terme, une anecdote amusante, mais rien ne pouvait faire oublier les heures seule à tourner en rond. Un grand festival est une contrée désolée sans amis. Peu après, j'avais également compris qu'aucun de mes camarades, *a fortiori* Danne lui-même qui avait prononcé l'ordre classique « Ne bouge pas, je reviens », n'avait consacré beaucoup de temps à essayer de me retrouver. À leurs yeux, c'était moi qui m'étais perdue. Le mot que j'avais laissé à l'entrée, sur un tableau d'affichage de plusieurs mètres de long saturé d'autres messages de personnes égarées, n'avait pas bougé. À présent, plus de trente ans plus tard, je ne me rappelle pas ce qu'il avait à faire, ce que nous attendions, ni pourquoi j'avais cessé d'attendre et m'étais mise à chercher, mais je me rappelle qu'il m'avait dit s'être défoncé au point de m'oublier, et que c'était cette année-là que je m'étais détachée de cette bande et que j'avais noué de nouvelles amitiés rencontrées à l'université, des gens qui se camaient moins et discutaient davantage, qui prenaient soin d'eux-mêmes et des autres.

L'une de mes nouvelles connaissances s'appelait Niki, une personne que je serai amenée à chercher aussi, un jour. C'était bien avant ma rencontre avec Johanna, en fac d'anglais, où nous suivions le même séminaire. Elle était venue me parler au premier intercours. C'était sa manière de se faire des amis, je l'ai compris plus tard. Elle mettait le grappin sur quelqu'un qui lui semblait sympathique ou dont un détail, pour une raison quelconque, l'attirait – dans mon cas, de vieilles Stan Smith usées jusqu'à la corde, puisqu'elle en portait aussi. Elle avait choisi son prénom, Niki, parce qu'elle avait horreur de celui que ses parents lui avaient attribué, et si elle détestait son prénom d'origine, c'est qu'elle détestait ses parents. Quand elle prononçait ce mot, « déteste », elle fronçait le nez et écarquillait les yeux, comme pour souligner le côté offensant de cette posture. Elle ne leur vouait pas une haine distraite, détachée, ce n'était pas le reliquat d'une adolescence un peu punk, mais un feu qui la consumait nuit et jour. En dépit de nos nombreuses et interminables conversations, peu de faits concrets venaient étayer cette aversion, hormis que ces deux individus étaient « exécrables » et qu'elle avait dû déménager à cinq cents kilomètres de chez eux, changer de prénom et s'inscrire sur liste rouge. Un mystère entourait ses affirmations qui, je le croyais, allaient être clarifiées, mais au lieu de cela, les assertions de Niki au sujet de ses parents finirent par s'établir comme des vérités telles quelles, dans toute leur imprécision. Tout à coup, j'étais l'une *d'elles*, l'une des nombreuses personnes qui « étaient au courant » que Niki avait eu une enfance atroce et que ses parents méritaient de brûler en enfer. Étant rapidement devenue l'une de ses plus proches amies, elle comptait sur ma loyauté et ma confiance dans cette vérité vague et invérifiée. Il y avait entre nous une sorte de lien, j'imagine. En toute honnêteté, je me fichais de ce qui était vrai, en ce qui concernait ses parents, ce n'était pas le genre de vérité qui m'importait. Quand Niki avait appris que je dormais sur le canapé de ma grand-mère paternelle à Jakobsberg, elle m'avait proposé de partager son studio dans le quartier de l'Atlas, appartement qu'elle avait obtenu grâce à un quota de l'Agence municipale du logement alloué aux plus vulnérables. Il existait une liste d'attente spéciale – parallèle à la liste classique sur laquelle j'étais inscrite avec quelques centaines de milliers d'autres noms depuis des décennies – réservée aux femmes victimes de violences ayant des enfants, aux personnes gravement malades et à d'autres qui, pour une quelconque raison, devaient être logés en urgence. Niki me confia qu'elle avait menti – elle avait raconté qu'elle avait été victime d'inceste de la part de son père pendant toute son enfance et que des déménagements successifs aggravaient sa souffrance. Une conversation avec une assistante sociale et l'attestation d'une psychologue avaient suffi, assorties d'une roublardise dont je n'aurais jamais été capable. C'était un mensonge qui tombait à point nommé ; l'inceste était l'un des grands sujets de conversation en Suède à la fin des années quatre-vingt et au début des années quatre-vingt-dix. On en débattait dans les médias, on en discutait avec les collègues au déjeuner, de nouveaux types d'experts apparurent, expliquèrent que c'était un problème de société beaucoup plus grave qu'on ne l'avait imaginé. Les canapés des analystes se remplirent de patients qu'il fallait aider à extirper des souvenirs refoulés. Devant ma mine sceptique, Niki avait insisté : « Je suis convaincue que mon père l'a vraiment fait… même si je ne m'en souviens pas encore. » Niki avait consulté plusieurs thérapeutes, mais elle finissait toujours par se brouiller avec eux. Il suffisait qu'ils remettent en question ses dires, annulent un rendez-vous, partent en vacances ou évoquent la possibilité de mettre fin à la thérapie pour que Niki coupe le contact dans un accès de rage. Le même psy pouvait être merveilleux une semaine et, la semaine suivante, d'une incompétence crasse. Je compris dès le début que ses relations aux autres fonctionnaient ainsi – c'était tout noir ou tout blanc, haine ou amour, paradis ou enfer, et rien entre les deux. Elle s'était liée d'amitié avec deux autres filles de la classe, des « nanas en or, hyperintelligentes », « des choux à la crème », « les plus belles personnes au monde », jusqu'à ce que l'une d'entre elles rappelle à Niki de lui rendre les disques qu'elle lui avait empruntés quelques semaines plus tôt, et le fait qu'elle le lui demande dans un café, devant des amis communs, avait mis Niki hors d'elle. Elle s'était sentie « humiliée devant le monde entier par cette petite connasse » et avait décidé de ne plus jamais la revoir. Une fois chez elle, Niki avait entassé les disques dans un sac en plastique, vinyles, pochettes, tout en bazar, avait pris le métro jusque chez leur propriétaire et avait suspendu le sac à la porte d'entrée. Adieu. L'autre amie avait été éjectée dans le même mouvement. J'étais restée aussi ébranlée que fascinée par sa manière d'aimer et de haïr avec une telle intensité, de prendre et de jeter les gens, comme si la moindre émotion devait immédiatement s'incarner dans une action. Si les raisons variaient, la procédure était systématiquement la même. J'avais conscience, je crois, que je ne serais en rien une exception, mais les amitiés à cet âge (j'avais vingt-trois ans) diffèrent de celles d'aujourd'hui. Elles pouvaient être éternelles pendant deux mois, deux ans ou deux heures, cela n'avait aucune importance dans la mesure où la durée importait moins que la magnitude, la vitesse ou la masse de sens condensée. Niki me touchait en plein cœur. Pas comme les garçons avec qui je couchais parfois et dont je tombais rarement amoureuse, mais profondément, comme une âme sœur – bien que je n'eusse pas employé ce terme à l'époque –, et l'idée que cette amitié cesserait un jour ne m'inquiétait pas. Niki était une aventure, en quelque sorte, une pièce de théâtre perpétuelle où tous les genres s'imbriquaient, où rien n'était immobile ni prévisible. Adolescente, elle avait tenté de mettre fin à ses jours, mais tout cela était terminé « en principe », disait-elle, et ce « en principe », je le compris plus tard, était une manière d'ouvrir une veinule de peur dans son entourage, méthode visant à se garantir les prévenances de ses amis. Je ne l'ai jamais vue se scarifier, mais j'ai aperçu quelques cicatrices, quelques stigmates. Visiblement, l'un de ses psychologues avait parlé de « réduction de l'angoisse », une sorte de soupape pour l'esprit à travers la peau. Niki faisait souvent référence à l'un ou l'autre de ses psychologues et, à une occasion, je lui avais demandé comment elle avait les moyens de recourir à tous ces professionnels de différentes écoles, qui exerçaient en libéral, dans des cabinets privés. « Ils paient, se contentait-elle de lâcher, c'est la moindre des choses. » Il me fallut pas mal de temps pour comprendre qu'« ils » étaient ses parents. Aujourd'hui, l'instabilité psychique de Niki aurait conduit à un diagnostic, mais à l'époque où je l'ai connue, on ne parlait pas de tout cela. On ne parlait pas de symptômes, de critères ou de traitement médicamenteux. Les personnes qui allaient mal n'étaient pas rassemblées dans des catégories médicales, c'était à chacun de tenter de se comprendre et de comprendre les autres. Deux valises suffirent à transporter l'ensemble de mes possessions, surtout des livres et des vêtements, si je me souviens bien. Je m'installai sur un matelas dans un coin de la pièce unique, caractérisée par un bordel indescriptible, je posai mes bagages au bout du lit, rangeai ma brosse à dents dans l'armoire de la salle de bains et plaçai une bouteille de Bell's dans le garde-manger. C'était aussi simple que ça. Mon arrivée passait quasiment inaperçue dans le chaos de l'appartement, et le semblant d'ordre que je m'efforçais de maintenir autour de mon matelas, le même ordre que j'avais établi chez ma grand-mère, me paraissait si insolite que j'abandonnai rapidement. Ma grand-mère avait travaillé toute sa vie comme femme de ménage chez des bourgeois et tenait à ce que son foyer soit aussi propre que les leurs, avec coups de chiffon et aspirateur chaque semaine, cuisinière rutilante et linge de lit immaculé. Eût-elle vécu cinq cents kilomètres plus au sud, elle aurait pu exercer son métier dans la maison d'enfance de Niki. La famille de mon amie avait de l'argent, ses parents, des universitaires, occupaient des postes bien rémunérés, et la demeure se trouvait non loin de Malmö au milieu d'un jardin aux allures de parc. Je n'y avais bien sûr jamais mis les pieds, mais Niki me l'avait décrite dans les moindres détails, avec un rez-de-chaussée qui, au mitan du siècle, accueillait le cabinet médical de son grand-père paternel. De grandes portes coulissantes en chêne le séparaient de la salle d'attente, suffisamment épaisses pour qu'aucune conversation confidentielle ne puisse s'en échapper. La salle d'attente avait été reconvertie en cuisine, enfin, en *l'une* des cuisines, car le premier étage en renfermait une plus grande encore. Niki avait décrit la maison comme fantomatique et froide, mais je m'imaginais des enfilades de chambres spacieuses au sol couvert de grands tapis d'Orient, des murs tapissés de bibliothèques, une multitude de cabinets de toilette et des escaliers à n'en plus finir. Sans doute était-ce bien ordonné et d'une extrême propreté, et le contraste avec le bordel du petit appartement crasseux dans lequel Niki vivait n'aurait pas pu être plus grand. Elle affirmait que l'ordre dans l'appartement de ma grand-mère (qu'elle avait entrevu quand nous étions allées récupérer mes affaires) était le même que celui chez ses parents, qu'il n'y avait qu'une sorte d'ordre, une seule manière de faire le ménage. Je m'inscrivais en faux : il y avait plusieurs ordres, plusieurs manières de cirer un parquet, une infinité de raisons de cirer un parquet, une infinité de manières de se déplacer sur un parquet ciré. « Le ménage, c'est le ménage », estimait Niki. Je pensais le contraire. Niki mettait un point d'honneur à ne pas nettoyer son appartement, à l'instar de bien des jeunes qui viennent de quitter le domicile parental, certes, mais chez elle, la saleté semblait toucher quelque chose de plus profond. Elle se délectait de ce qui dégoûtait le commun des mortels. Plus c'était répugnant, plus elle se réjouissait. Elle était fascinée par les restes de nourriture qu'elle laissait traîner des semaines dans le frigo, elle sortait les boîtes, examinait leur contenu et les processus biologiques de moisissure, de pourriture, et quand, un matin de juillet, nous trouvâmes un rat mort au Vasaparken, elle resta longtemps agenouillée à observer la lutte des asticots blancs dans la chair boursouflée. On aurait dit que quelque chose la tirait inexorablement vers le bas, vers l'empire des ténèbres, l'immondice, la crasse, le fatras, comme si elle était incapable de ressentir du dégoût quand les autres en éprouvaient, succombant plutôt à la fascination, comme si, depuis les abîmes, on l'incitait à témoigner de la souillure sourde et collante de son existence en refusant de changer les draps, de passer l'aspirateur, en laissant la vaisselle s'accumuler au-delà de la limite du supportable. Je n'en souffrais pas de manière significative même s'il m'arrivait de regretter la blancheur éclatante du frigo de ma grand-mère. Il existe maintes manières d'astiquer un logement, et pour ma grand-mère, il s'agissait de dignité – rapporter chez elle un soupçon de l'éclat des villas dans lesquelles elle travaillait –, mais pour moi, il s'agissait d'adaptation, d'entrer dans le moule, de me faire remarquer le moins possible. Chez ma grand-mère, je récurais l'appartement aussi souvent qu'elle ; chez Niki, ne serait-ce que faire mon lit semblait impensable. Un compartiment bien rangé dans un coin aurait dissoné au milieu de cette pagaille de vêtements, livres, vieilles tasses de café, verres, assiettes, reliefs de repas, journaux, vinyles et bibelots. Quand je rentrais, il arrivait souvent que la porte ne soit pas verrouillée, car Niki trouvait rarement ses clés en partant – de toute façon, difficile de croire qu'un cambrioleur aurait le courage de pénétrer dans le studio en quête d'objets de valeur au milieu de ce foutoir.

Le cours où nous nous étions rencontrées s'acheva sans que je rende mon dernier mémoire, et je commençai à travailler dans un entrepôt puis dans un magasin de proximité. Je passais d'une boutique de la chaîne à l'autre, envoyée en remplacement des employés malades. Ce qui signifiait que j'avais parfois du travail, parfois non. Je passais mes journées libres à la maison à lire et à écrire, avec un ami ou une amie, ou encore avec Niki. Elle menait une existence analogue bien qu'elle écrivît plus intensivement, avec l'ambition affichée de devenir écrivaine. Ou plus précisément : de publier un livre – écrivaine, elle l'était déjà, affirmait-elle, puisqu'elle écrivait. Le loyer était bas, nos dépenses limitées, et aucune d'entre nous ne voyait d'intérêt à bosser plus que nécessaire. Si nous rentrions tard le soir, nous débranchions le téléphone pour éviter l'appel matinal d'un potentiel employeur. Il m'arrivait de devoir me mettre en quête du téléphone et, après de longues recherches, je le dénichais dans un tiroir, dans le four ou dans le panier à linge sale. L'appareil était souvent égaré suite à une conversation de Niki qui avait mal tourné, quand quelqu'un avait appelé alors qu'il n'aurait pas dû, ou à l'inverse, quand quelqu'un aurait dû appeler, mais ne l'avait pas fait. Parfois, elle le débranchait, parfois non, c'est pourquoi ça pouvait sonner sous le canapé ou depuis l'intérieur d'une pile de journaux. Je cessai rapidement de m'étonner de ce genre d'extravagances, ou du fait qu'on pouvait frapper au milieu de la nuit et Niki – qui avait perdu ses clés – qui déboulait, éméchée, avec une bande de nouvelles connaissances et préparait un thé, servait des verres d'alcool, déterrait le gramophone et se mettait à danser, ou me réveillait quelques heures plus tard pour admirer le lever du soleil depuis le toit. S'y trouvait une petite plateforme anciennement destinée à battre les tapis que nous gagnions *via* une échelle au grenier. La trappe était plombée, mais il était facile de l'ouvrir, et une fois là-haut, on pouvait contempler le coucher du soleil sur la voie ferrée et le lac Klara, ou bien le lever du soleil sur les toits de l'autre côté. Nous buvions du vin trouble fait maison et essayions, en hurlant de toutes nos forces, d'accéder au cœur même de l'existence, dans l'idée que nous étions plus proches du ciel parce que nous nous trouvions sur un toit. Aujourd'hui, plusieurs décennies plus tard, un nouveau millénaire et un monde différent nous séparent de cette époque, je comprends toujours le cri, peut-être plus que jamais, cette aspiration à la proximité, cette recherche de l'essentiel, mais pourquoi nous avions besoin de grimper sur un toit, je ne le comprends plus.

J'étais à l'initiative du projet dames-jeannes et vin trouble. Elles fermentaient dans la cuisine, et le vin – si tant est que la boisson puisse être dénommée ainsi – était ensuite versé dans des bouteilles passablement rincées, fermées par des capsules à vis, et casées dans le frigo. Nous appelions ça de la « pissette », et sa qualité laissait parfois tellement à désirer qu'il fût décidé qu'on ne pouvait la boire que sur le toit, dans la mesure où la vue permet de faire oublier la plupart des choses ici-bas, même la piquette. Le matin, en me levant, je pouvais trouver un mot sur la table : « Pissette sur le toit ce soir ? » « Bien sûr », écrivais-je avant de quitter l'appartement, et le soir, nous nous retrouvions, en tête à tête ou avec d'autres, grimpions sur le toit, buvions notre pissette tandis que nos cris résonnaient entre les vieilles maisons. Nous nous connaissions depuis quelques mois lorsque Niki commença à fréquenter Jonas, un maigrichon toujours vêtu de noir, couvreur et bouilleur de cru, qui avait refusé le service militaire et fait de la prison pour objection de conscience. Il laissa son matériel de distillation en résidence dans notre cuisine et les litres de vin de pomme sucré furent remplacés par de la drêche. Je reconnais encore cette odeur caractéristique parfois, quand j'entre dans un immeuble, même si cela devient de plus en plus rare. L'alambic était un dispositif de fer-blanc en forme de poire terminé par un conduit qui menait les vapeurs d'alcool vers une partie réfrigérante surmontant un vase où l'alcool retrouvait son état liquide et gouttait dans un récipient pour ensuite être purifié par du charbon actif dans une longue colonne. La teneur en alcool du produit fini atteignait les quarante pour cent et son arrière-goût me faisait penser à de petits animaux huileux brûlés. La copropriété de l'alambic augmenta le flux de personnes qui transitaient par notre appartement. Notre cuisine devint un point de départ évident pour tout type de soirées, les gens apportaient des pizzas dans des cartons qu'ils abandonnaient ensuite en piles sur le sol, ils remplissaient des cendriers entiers de mégots avant de se faire la malle, ou ils restaient assis dans le canapé ou allongés sur le lit de Niki à souffler de la fumée vers le plafond en refaisant le monde. C'est ainsi que j'ai connu ceux qui deviendraient mes plus proches amis – tout à coup, ils s'étaient matérialisés chez moi, appâtés par Niki ou Jonas, par la promesse de faire des rencontres et de picoler à l'œil. Pourtant, à la différence de mon ancienne bande, l'alcool ne nous importait guère. Niki et moi pouvions passer la soirée du vendredi à boire du thé, de l'eau, ou rien du tout, parce que ce qui nous attirait l'une vers l'autre et qui depuis ce temps-là est au cœur de mes relations, c'était la conversation, un dialogue de plusieurs années qui avait commencé pendant une pause devant une salle de séminaire à l'université quand Niki était venue me voir pour commenter mes baskets, et qui s'était terminé quelques années plus tard, à Galway, dans une cage d'escalier qui résonnait d'échos. Nous pouvions être séparées l'une de l'autre pendant des semaines et pourtant reprendre la conversation là où elle s'était arrêtée, comme si le temps passé n'avait été qu'une respiration. Ce que j'aimais le plus, c'est qu'à aucun moment je ne savais d'avance où conduirait une conversation avec Niki. Contrairement à la plupart des personnes que j'ai côtoyées, elle racontait rarement des anecdotes où elle occupait le rôle principal, ni des anecdotes qu'elle avait déjà racontées, ni aucune anecdote tout court, d'ailleurs, étant donné que la nature même de l'anecdote – avec un début, un milieu et une chute – allait à l'encontre de son exigence d'absolue authenticité. Les bonimenteurs ne l'intéressaient pas, disait-elle, les gens qui se mettaient en scène, se vantaient, coupaient la parole pour se mettre en avant, qui donnaient des leçons de vie, qui n'ouvraient la bouche que quand ils étaient sûrs d'eux à cent pour cent, qui s'efforçaient de s'exprimer de manière intelligente, qui étaient toujours du même avis que leur interlocuteur, qui acquiesçaient toujours, qui s'adaptaient, qui opinaient alors même qu'ils n'étaient pas d'accord. Les conteurs d'anecdotes étaient considérés comme intellectuellement malhonnêtes et celui qui commettait l'impair de raconter la même anecdote plusieurs fois – le jour où un type avait été arrêté pour ébriété par la police à la gare Centrale de Hambourg et était revenu à lui, étonné, dans la même cellule qu'un ancien camarade de classe, ou la grand-mère qui avait donné naissance à la mère du conteur plus ou moins sur son lit de mort, ou quelqu'un qui s'était introduit en pleine nuit dans le Jardin botanique de Visby et s'était rendu compte que le *Cannabis sativa* qui y poussait était dépourvu de toute substance nécessaire à la défonce – n'était plus le bienvenu. Depuis mon amitié avec Niki, je songe à l'anecdote comme à une maladie chronique dont certaines personnes ne parviennent pas à se défaire, l'obligation de raconter tout comme une histoire, laisser l'existence se représenter par une formule qui doit captiver son auditoire, l'impressionner, l'émouvoir ou encore le faire rire. Une anecdote est une boîte fermée qui ne fait apparaître que d'autres boîtes fermées, jusqu'à ce que tous ceux qui participent à la conversation, ou bien la « soi-disant conversation », comme l'avait formulé Niki, se retrouvent avec leur pile de boîtes fermées devant eux, mentalement immobiles, arrimés au mât, préparant déjà l'anecdote suivante dans un coin de leur tête. Ces conversations rappelaient une de ces émissions suédoises, intitulées quelque chose comme « Tu la connais, celle-là », où les invités se contentent de raconter des histoires drôles. Nous n'avions pas de téléviseur, en tout cas pas de façon permanente, mais il arrivait que quelqu'un récupère un appareil en état de marche relatif dans le local poubelle ou une benne à ordures et le transbahute dans notre appartement où il trouvait une place dans un coin. Leur durée de vie n'était jamais très longue, mais c'était sur un de ces appareils que j'ai pour la première fois regardé MTV et découvert un nouveau type de vie publique relâchée qui, au départ, nous choquait, mais qui représente aujourd'hui la normalité. Je me rappelle que nous contemplions, déconcertées, les présentateurs essoufflés qui, debout, annonçaient les morceaux et les récits hachés des clips vidéo. « C'est ça l'avenir », disait Niki. Je crois que cela lui plaisait. Nous ne nous contentions pas de fixer l'écran, nous le scrutions de manière analytique, critique, cela s'inscrivait dans notre examen ininterrompu du monde. Plonger dans une émission et se laisser entraîner était un signe évident de paresse intellectuelle. Même dans un état de gueule de bois avancé, aucune d'entre nous n'avait l'idée de se poser devant la télévision et la regarder sans réfléchir. À l'instar des magazines hebdomadaires, des débats politiques et des conversations lors des repas de famille (elle m'a accompagnée à certains des miens), nous considérions les émissions de télévision comme des signes qui pouvaient être interprétés dans le but de mieux comprendre la société dans laquelle nous vivions. Ma relation à la télévision est restée sensiblement la même. Je parviens rarement à rester scotchée devant des séries télévisées comme les autres semblent le faire – je les confonds, je saute un épisode, ou j'oublie le titre de la série, la chaîne sur laquelle elle passe, et quand je suis enfin là, devant l'écran, je prête attention à des détails insignifiants, comme si j'observais une foule, je remarque que les acteurs ont vieilli, que certains ont subi un lifting, ou que l'anglais *billion* a été traduit par « billion ». À la télévision, je sens qu'on veut guider mon regard ; avec un livre, je fais ce que je veux. Quand je fréquentais Niki, nous pouvions passer nos journées libres chez les bouquinistes le long de la rue Drottninggatan et dans les quartiers environnants. Ils étaient nombreux et chacun avait sa spécialité – un penchant pour l'éducation bourgeoise classique à l'ancienne, la poésie et le théâtre, les premières éditions ou autres raretés, les livres de poche, les exemplaires cartonnés bon marché ou encore la non-fiction. Nous avions beau dépenser notre argent, ces acquisitions n'étaient pas pour nous des achats à proprement parler, plutôt une sorte de sauvetage. D'ailleurs, nous disions que nous allions « chercher » des livres rue Drottninggatan, et non « acheter », comme si les ouvrages et leur contenu d'une certaine manière nous appartenaient déjà, comme si nous ne faisions que verser une rançon, une caution pour pouvoir les libérer et les emporter chez nous. Or, même lorsque nous avions rapporté les livres, que nous les avions lus, commencé à les lire ou posés quelque part pour les ouvrir ultérieurement, nous ne considérions pas qu'ils étaient à nous à cent pour cent. La propriété des livres diffère des autres types de propriétés, cela ressemble plutôt à un prêt qui peut cesser à tout moment ou être transféré à d'autres, par exemple dès que quelqu'un témoigne d'un authentique intérêt pour l'œuvre ou l'auteur en question. Pendant une courte période, *L'homme sans qualités* siégeait dans la bibliothèque basse de couleur bleue qui trônait près de mon lit. Quatre volumes que je m'étais procurés sur le conseil d'une connaissance, mais que j'étais loin d'être prête à lire, je m'en étais vite rendu compte. Le premier volume avait été corné à la vingtième page. Il gisait au pied de mon lit depuis plusieurs semaines quand, un soir, un collègue de Jonas l'avait ramassé. Il s'appelait Palle, avait voyagé aux quatre coins du monde et était de retour pour se renflouer. L'agence pour l'emploi lui avait déniché un cours de soudage, puis il avait été embauché dans le même atelier que Jonas. À présent, installé sur mon matelas, un thé à la main, il s'enfonçait inexorablement dans les premières pages. Il avait sauté l'introduction et la préface du traducteur pour entrer dans le corps du texte, ce qui me semblait un excellent signe. Le roman lui appartenait, je l'avais senti immédiatement, cela ne faisait aucun doute. Mon domicile n'avait été pour cette œuvre qu'une zone de transit.

C'est étrange comme plus de trente ans plus tard je me souviens aussi clairement de l'étagère bleue, du visage de Palle et de la couverture de *L'homme sans qualités*. Ce roman, j'en ai été plusieurs fois détentrice, et il a plusieurs fois disparu, soit lors d'une séparation, soit parce que je l'ai prêté et qu'il ne m'a jamais été restitué, comme s'il avait fui, emportant son trésor avec lui. C'est l'un des livres dont j'ai été propriétaire sans l'avoir jamais lu, ces livres qui existent dans la plupart des foyers comme une sorte de garantie d'un lendemain, un avenir paisible dévolu à la lecture. Où que je me trouvasse dans l'appartement de Niki, attablée dans la cuisine, dans la salle de bains, sur le large rebord intérieur d'une fenêtre ou dans l'entrée, je pouvais apercevoir un roman de Birgitta Trotzig. Je devais parfois fouiller du regard le bric-à-brac pour le voir, *Le destitué*, *L'accusation*, et surtout *La fille du roi crapaud* dont elle possédait plusieurs éditions, les seuls livres que Niki n'aurait jamais eu l'idée de donner ni même de prêter. Si quelqu'un ouvrait un des romans de Trotzig posés près de son lit, sur la table ou à côté de l'évier et commençait à le lire, Niki le lui arrachait comme une boîte d'allumettes des mains d'un enfant. S'ensuivait une série de réprimandes. On ne pouvait pas simplement feuilleter Trotzig, parcourir ses romans avec désinvolture, en écoutant la radio, ou s'arrêter au milieu d'un chapitre, déclarait Niki, puis elle lisait une page ou deux à voix haute pour illustrer son propos. Dans le cas de *La fille du roi crapaud*, elle avait à peine besoin de regarder la page. Elle le connaissait en grande partie par cœur. Elle déclamait le texte d'une voix puissante, chevrotante de ferveur afin que les mots nous touchent au plus profond, s'insinuent en nous comme ils le faisaient en elle, nous secouent, se réalisent, fleurissent, mais quand l'auditoire décrochait, ce qui ne manquait pas d'arriver, elle s'interrompait, vexée, haussait les épaules en constatant ce qu'elle savait déjà, que sur cette question, il y avait peu à espérer de l'humanité. Les œuvres de Birgitta Trotzig sont à mon sens le pendant littéraire de l'image brouillée de certains téléviseurs. Il semble s'y passer quelque chose d'intéressant, mais je ne vois pas quoi. Je tourne le bouton, modifie les réglages, mais le flou demeure. J'ai longtemps cru que je comprendrais mieux Niki, la manière dont sa psyché embrassait les dimensions spirituelles de l'existence, son culte de l'ignoble et son attirance pour les ténèbres en lisant Birgitta Trotzig. Elles semblaient partager un monde sanglant, dur et chaotique, dont l'entrée m'était refusée, où les sentiments étaient des dieux qui guidaient la plupart des actions, où un accès de colère pouvait avoir comme conséquence des assiettes jetées contre le mur et où tomber amoureuse pouvait impliquer un voyage à l'autre bout du monde avec deux jours de préavis. Je me retrouvai seule à la maison, avec la garde exclusive de l'appartement. Jonas appela, posa des questions. « Non, je ne sais pas, lui répondis-je, moi non plus, je ne comprends pas. » Je décidai de pénétrer dans le vague de *La fille du roi crapaud* et de *La maladie*, mais les replaçai bientôt dans la bibliothèque et entrepris de faire le ménage. Je n'étais pas mûre pour Trotzig et ne le serais jamais.

J'ai rarement entendu parler Niki d'un autre métier qu'écrivaine. Quand P. O. Enquist était venu présenter l'un de ses livres (*La bibliothèque du capitaine Nemo*, si je ne m'abuse) au centre de formation pour adultes ABF-huset à Stockholm, Niki s'était avancée vers l'estrade à la fin de son intervention et s'était adressée à lui comme à un collègue. Ils avaient eu une conversation. Je n'entendais pas ce qu'ils se disaient, mais j'étais restée quelques instants à la porte à les contempler tandis que la salle se vidait. Elle s'empara d'une chaise, s'assit à côté de lui et il étira vers elle son corps dégingandé pour l'écouter, sourit, opina du chef et prononça quelques paroles. Ils avaient discuté méthode de travail, m'expliqua-t-elle par la suite quand elle m'avait rejointe dans la rue Sveavägen où je l'attendais, l'importance d'être systématique et opiniâtre, d'être dévoué. Elle parlait de l'entretien comme s'ils avaient partagé des expériences, échangé des conseils, P. O. Enquist et elle, ce qui était peut-être vrai. Niki discutait avec tout le monde de ses textes en cours. Elle commençait un livre, puis un autre, et bientôt j'en connaissais, de même que tout son entourage, la composition, l'intrigue et les personnages principaux. Nous en parlions comme d'un livre achevé, comme si le roman était déjà écrit et se trouvait devant nous sur la table de la cuisine avec couverture, titre et tout le tralala. Les titres faisaient justement l'objet de longues discussions. Quelques-uns me sont restés en mémoire : *L'ornithologue*, l'histoire d'un homme qui assassine sa fille illégitime avec des jumelles, l'enterre sous un sentier de promenade puis signale sa disparition ; *L'enfant sous terre*, au sujet d'une fillette qui passe son enfance dans une cave et qui, adulte, comprend que ses souffrances libèrent les autres des leurs ; ou encore *Les hôtes obscurs*, à propos d'une fillette qui grandit dans le petit hôtel tenu par ses cruels parents où s'installe une famille qui, progressivement, avec l'aide de la fille, va reprendre l'activité. À ma connaissance, aucun des titres n'a dépassé le stade d'intitulé accompagné d'une esquisse d'intrigue et d'une dizaine de pages intenses avec quelques bonnes idées et des détails précis présentés dans le désordre, car quand Niki avait parlé longuement de l'idée et que le moment était venu de se mettre à l'ouvrage et de rédiger de manière plus structurée le début du chapitre premier, par exemple, il ne restait rien de la passion initiale. L'intrigue semblait creuse, les personnages plats, l'entrain avait disparu. Elle s'asseyait en tailleur sur le lit, sa machine à écrire portative rouge sur les genoux, ou s'allongeait, les yeux au plafond avec l'appareil posé sur un oreiller à côté et une feuille A4 blanche insérée dans le rouleau. Elle me traitait de « satanée cachottière », attendu que je ne révélais rien de mes projets, et elle ne le disait pas uniquement pour plaisanter. Une satanée cachottière qui gardait le silence même quand nous avions picolé et qu'elle essayait de me tirer les vers du nez, pour se faire une idée de ce que je griffonnais dans mes petits carnets. À présent, il semble évident que je ne faisais guère plus que m'entraîner à écrire, j'errais entre les genres, imitais les autres, m'efforçais de contrôler, de même qu'aujourd'hui, la promenade de la pensée depuis la tête vers le papier. L'écriture me dépassait, mais je savais une chose : pour moi, le processus devait être aussi clos que l'ébullition dans l'alambic conique posé sur la cuisinière, je savais que la moindre fuite impliquait la mort, que la magie serait perdue si je reconnaissais sa présence, que rien ne pouvait être révélé avant que tout soit terminé. En fait, ça n'avait aucune importance, mes idées étaient insipides comparées aux siennes et même si je tentais parfois de me jeter furieusement, à corps perdu, dans l'écriture comme Niki, c'était toujours faute de meilleure occupation que je finissais par scribouiller quelques lignes.

Niki fut absente pendant un mois, son nouvel amour ressemblait à James Spader et était originaire de la côte ouest de l'Irlande. Ils avaient randonné en Bolivie et avaient rencontré des gens qui leur avaient fait boire des décoctions de plantes hallucinogènes. Niki avait eu des visions, elle en avait encore, affirmait-elle, des plantes qui grimpaient sur les papiers peints, des chats qui frôlaient les murs. Tout à coup, elle était de retour à la maison et le téléphone prit ses quartiers dans le panier à linge quand Jonas, au bord du désespoir, se mit à appeler en pleine nuit. James Spader était rentré à Galway pour je ne sais quel tournoi de fléchettes et

Niki était installée à la table de la cuisine à rédiger des lettres d'amour de son écriture serpentine, émaillées d'expressions irlandaises qu'elle venait d'apprendre. Elle haïssait Jonas avec la même intensité qu'elle aimait Adrian (que nous appelions presque toujours James), elle aimait la Bolivie, elle aimait l'Irlande où elle n'était pas encore allée, mais irait bientôt, elle haïssait la Suède et par-dessus tout Stockholm, une ville de merde, une ville attardée à nulle autre pareille. J'avais vécu seule pendant cinq semaines et je ne m'attendais pas à ce que ça me plaise autant. J'avais couché quelques fois avec Palle, fait un peu de ménage, lavé des serviettes moisies dénichées sous la baignoire, vidé le frigo de restes non identifiés, confectionné du pain, acheté du vin véritable et installé un répondeur. Niki déclara qu'elle appréciait l'ordre, mais il ne fallut que quelques jours pour que l'appartement retrouve son aspect habituel. Elle avait en quelque sorte incorporé le studio dans son chaos. Sa valise ouverte par terre représentait l'épicentre d'un nouveau désordre avec des vêtements nauséabonds, des totems miniatures et des souvenirs qu'elle avait achetés et prévoyait de distribuer à ses amis et connaissances. Elle m'offrit un petit tambour à doigts que je disposai dans la bibliothèque bleue, ainsi qu'une bouteille d'alcool transparent au fond de laquelle nageait un long vers. Elle avait rencontré James au Moderna Museet, où elle s'était approchée de lui et lui avait demandé : « *Why do all these tapes have women's names on them*[1]*?* » Il avait ri et rejeté sa longue frange en arrière puis ils étaient allés au café du musée et y étaient restés jusqu'à la fermeture. Il était en voyage et était censé repartir dès le lendemain en train, mais ils avaient fomenté de nouveaux plans. Rencontrer Niki en coup de vent pouvait donner l'impression que l'amour était pour elle quelque chose de simple, un disjoncteur que l'on pouvait allumer et éteindre, des gens qui venaient et disparaissaient, qui s'aimaient et cessaient de s'aimer. Le mécanisme semblait huilé, le registre limité : allumer et éteindre, noir et blanc, amour et haine. Rien n'était moins vrai. Niki était un océan d'émotions dont elle était incapable de gérer la puissance et les nuances, comme si tous les dieux de l'Antiquité et tous les sentiments et états qu'ils représentaient se pressaient sous ses paupières. Il y avait là-dessous un vacarme intime permanent. Tout pouvait se retourner, se convertir en son contraire, en l'espace d'une seconde et avec l'arrivée de James, le monde de Niki changea du tout au tout. Elle avait « toujours » été fan de U2, Yeats, Jonathan Swift, Mary Black, de la Guinness et du vert. Éméchée, elle se mettait à parler anglais en avalant la fin des mots, l'accent irlandais, je présume. Jonas, que je mentionnais parfois parce que je me demandais ce qui lui était arrivé, était un « connard possessif » contre qui elle devrait

1. Réplique du film *Sexe, mensonges et vidéo* avec James Spader et Andy Mac Dowell.

porter plainte. Il était inculte, laid, manipulateur. Une sombre merde, tout simplement, elle n'avait jamais été amoureuse et il pouvait prendre son appareil à gnôle nauséabonde et retourner dans le trou d'où il était venu. Quand j'avais indiqué que Palle avait emporté l'alambic lors de sa dernière visite, elle m'avait dévisagée, suspicieuse. Nous étions attablées dans la cuisine, l'eau du thé frémissait dans une casserole sur le feu. « Palle ? » Je hochai la tête, regrettant aussitôt d'avoir prononcé son nom, mais je n'avais pas le courage de lui mentir. Il ne s'agissait pas seulement de dignité, la mienne, et de mon droit à inviter qui je voulais, mais aussi d'authenticité, cette spontanéité, cette absence d'artifice entre elle et moi qui demeurait. « Palle est venu pendant mon absence ? » Je hochai la tête une nouvelle fois, haussai les épaules. Peut-être était-ce le plus difficile dans la cohabitation avec Niki – la frontière entre l'amitié et l'inimitié était fine comme un cheveu. « Qu'est-ce qu'il est venu faire ici ? » voulut-elle savoir. « On a couché ensemble, il m'a donné un livre, on a discuté. » Niki croisa les bras sur la poitrine, ferma les yeux quelques instants. Ça vibrait. Son regard semblait errer dans tous les sens. Je l'avais trahie, je m'étais alliée avec des ennemis, et je voyais Niki en train d'essayer de digérer cette nouvelle information. Tout était dans la balance. Puis elle posa son regard sur moi. « Quel livre ? » C'était une question incompréhensible, une association dans un sens nouveau, complètement fou, comme si elle avait reçu un message de l'un de ses dieux intérieurs responsables des émotions indiquant que le titre du livre était d'une importance capitale. « *Si par une nuit d'hiver un voyageur* », répondis-je, honnête. Niki continuait à me regarder sans mot dire, alors j'ajoutai : « Génial. Je l'ai dévoré en une journée. » Elle opina de la tête, circonspecte, laissa tomber les bras le long de son corps, et sourit. Elle se leva, se dirigea vers la cuisinière, sortit des tasses et la boîte à thé. « Et après ? » demanda-t-elle. « Il est revenu chercher l'alambic qu'il allait rendre à Jonas. On a recouché ensemble, papoté. On s'est vus quelques fois. Il devait repartir à l'aventure, retourner en Inde. Ce pays le fascine. » Niki posa les tasses sur la table entre nous. « Vous avez parlé de moi ? » C'était dit avec nonchalance, comme une phrase subordonnée, mais je savais que c'était la question qui brûlait là, sous ses paupières, que tous les dieux hypersensibles de son for intérieur étaient sur des charbons ardents, prêts à entendre une parole diffamante, un jugement outrageux, l'insinuation de ragots humiliants. « Pas du tout. On a surtout discuté de voyages, des endroits qu'il allait visiter. Toutes les villes et les plages. L'art de monter dans un train en gare de Howrah. Puis on a parlé de *Sailor et Lula*. Palle voulait s'acheter une veste en peau de serpent. » Niki versa du sucre dans son thé et remua, visiblement satisfaite de la réponse. Quand elle eut fini, je pris la cuillère de sa tasse et touillai la mienne. Bien sûr, je n'avais pas dit toute la vérité, nous avions parlé d'elle pendant des heures, Palle la trouvait « cinglée » de toutes les manières possibles, sans définir ce terme. Elle était juste « vraiment cinglée », ce qui au début des années quatre-vingt-dix était un diagnostic comme un autre, à l'instar de « vraiment chiante », « vraiment bizarre » ou encore « vraiment désagréable ». À bien des égards, c'était plus simple à l'époque. Les jugements étaient subjectifs, s'appuyant sur des expériences singulières, sur l'alchimie qui se crée quand des gens se rencontrent, mais les désignations étaient obscures et mesquines. « Cinglé », qu'est-ce que ça veut dire exactement, au-delà de la capacité à provoquer les gens, à les faire sortir de leurs gonds, à remettre en question leur monde ? Pour moi, elle était juste Niki, et chaque fois que je lève les yeux vers la lettre C de ma bibliothèque, que j'aperçois l'exemplaire râpé de *Si par une nuit d'hiver un voyageur*, avec l'inscription de Palle et un petit cœur au crayon qui résiste à l'épreuve du temps, l'air renfermé de la cuisine et le parfum des feuilles de thé dans la casserole me reviennent. Je me remémore le visage de Palle à deux doigts du mien sur le matelas, je me rappelle qu'il essayait de fumer comme Nicolas Cage, et que le matin, après son départ, j'avais ouvert le livre et été immédiatement aspirée dans le labyrinthe aux miroirs pivotants. La question « Quel livre ? » était devenue une preuve de sa folie, et par la suite je me suis maintes fois demandé ce qui serait advenu si Palle était venu avec un autre des romans dont il m'avait parlé, *Plåster*[1] ou *Les enfants de minuit*, si la folie irrationnelle de Niki aurait détonné dans une autre direction. Au bout d'un moment, elle récupéra la cuillère dans ma tasse, se resservit libéralement de sucre et tourna de nouveau. « Et Palle. Tu es amoureuse ? » C'était une question sans réponse, dans la mesure où il était parti en voyage deux semaines plus tôt et se trouvait injoignable d'une manière qui n'est plus possible aujourd'hui. Laisser quelqu'un partir, c'était littéralement le laisser disparaître. Peut-être qu'une carte postale ou une lettre atterrirait chez moi, envoyée d'un endroit où il se trouvait trois ou quatre semaines plus tôt. Peut-être pouvais-je lui écrire à une des adresses de poste restante qu'il m'avait données, mon courrier l'attendrait dans un bureau de poste d'une ville où il passerait bientôt, ou qu'il avait déjà quittée. Jaipur, Mysore, Delhi. Je regardais mon atlas, essayant de me remémorer les itinéraires et les itinéraires bis, les villes et les villes potentielles, les plages et les plages potentielles, les îles difficiles d'accès, les amis qu'il devait chercher, une éclipse sur la côte qu'il ne voulait manquer pour rien au monde. J'inventais mes propres circuits pour ne pas le perdre : Bombay, Poona et vers le sud, direction Bangalore, ou Bombay puis train de nuit jusqu'au Rajasthan pour continuer vers le désert, ou

1. De Klas Östergren, non traduit en français.

bien Bombay puis le bus direct vers Goa. Si je marchais sur une plaque d'égout frappée d'un A, il était en route vers Agra et le Taj Mahal. Si je posais le pied sur une bouche d'égout marquée d'un K, il se trouvait dans le Kerala. « Peut-être, répondis-je, mais c'est déjà trop tard, non ? »

Sans doute a-t-on fini par lui poser un diagnostic, comme tous les autres « vraiment cinglés », « vraiment bizarres » et « vraiment désagréables », et peut-être a-t-elle fait quelques allers-retours en hôpital psychiatrique avec soin ambulatoire, traitement, continuité des soins, SMS générés automatiquement avec rappel des rendez-vous. Peut-être a-t-elle un petit pilulier qu'elle fait cliqueter le matin, des comprimés qui tiennent en échec les dieux des émotions qui vivent en elle ; peut-être a-t-elle des rendez-vous réguliers avec une femme à lunettes, une professionnelle conventionnée dans une clinique, qui l'aide à se voir vraiment : « Quand il vous a dit cela, comment avez-vous géré l'émotion que vous avez ressentie ? » Je suis partie en quête de réponses, d'indices, comme la plupart des gens ont à un moment cherché des traces de vieux amis et ennemis sur Internet, mais son nom ne figure même pas sur les sites qui ont remplacé les annuaires téléphoniques après que ceux-ci ont cessé d'être distribués dans tous les foyers du pays il y a des décennies. Niki n'existe nulle part, ne possède pas de compte sur les réseaux sociaux, pas de blog, elle ne publie ni photos ni vidéos, en tout cas pas sous son nom. À la fin des années quatre-vingt-dix, je suis tombée sur une connaissance commune qui m'a raconté que Niki avait vendu son appartement dans le quartier de l'Atlas après que l'immeuble avait été transformé en copropriété et qu'elle avait déménagé dans une autre ville, ou peut-être à l'étranger. Notre connaissance commune n'était pas certaine. Elle avait elle-même été rejetée au moment du déménagement. Niki avait rompu avec Stockholm, plaqué la ville, tous ses habitants et toutes les personnes qu'elle avait connues ici. Elle avait juré de ne plus jamais remettre les pieds dans ce cloaque et de s'installer à un endroit respirable. À la vente du logement qu'elle s'était approprié, elle avait empoché un joli pactole. J'imagine que c'est ce qu'une capitale peut offrir à une personne « vraiment cinglée », en échange de ce qu'elle nous avait donné : des fêtes, de la chaleur, du chaos, des admonestations, des milliers de sources d'agacement et la connaissance de soi que permet l'étude de nos réactions. Comment notre amitié s'est-elle terminée ? Par un savon monumental, bien sûr, c'était écrit depuis ses premiers balbutiements. Toute relation peut se terminer abruptement, c'est un risque que l'on court, mais quand je me suis liée d'amitié avec Niki, j'étais consciente que la fin abrupte n'était pas seulement une issue possible, mais la seule envisageable. J'avais la certitude qu'aucune amitié ne pouvait lui survivre. Ce qui ne m'a pas empêchée de tomber des nues. Il en va de même pour la mort, j'imagine. Tout le monde sait qu'elle viendra, rares sont pourtant ceux qui, contemplant leurs mains vivantes, se disent qu'elles refroidiront un jour pour atteindre la température ambiante et resteront posées là, inertes. Tout commença au milieu de l'été, nous étions encore amies, Niki devait partir pour l'Irlande et je m'apprêtais à m'installer chez Sally, une nouvelle connaissance, rapidement devenue une bonne copine, qui allait vivre provisoirement à Lidingö dans la maison de son père, lequel s'était lancé dans un tour du monde à la voile. J'étais impatiente de quitter ce quartier très urbain pour avoir plus d'espace et me rapprocher de la forêt. Niki ne savait pas quand elle rentrerait. « Je resterais peut-être là-bas pour toujours, dit-elle. On se marie, j'écris des romans, on fait des enfants, plein de petits catholiques qui ressemblent à James Spader. La vie rêvée. » Elle prépara ses bagages de manière chaotique. Des valises se remplissaient et se vidaient. La machine à écrire fut emballée et déballée, des tubes de pâte à tartiner aux œufs de cabillaud et des paquets de craque-pains passèrent d'un sac à l'autre, destinés à être offerts aux membres de la grande famille de James et à ses amis. Je me demandais quelles étaient les chances que le craque-pain arrive entier à destination et j'aurais pu mettre mon grain de sel au sujet de la pâte aux œufs de poisson, ce « caviar en tube » que les papilles étrangères n'appréciaient guère et qui doit être conservé au frais plutôt que joncher pendant plusieurs jours le sol de l'appartement, mais je m'abstins. Je lui avais parlé de mon projet de déménager dans la grande maison de Sally, précisant que je lui trouverais évidemment un nouveau locataire. Quasiment toutes mes connaissances naviguaient de sous-location en sous-location, je n'aurais aucune difficulté à dénicher un remplaçant. « Ça n'a aucune importance, dit Niki. Tu peux vivre ici ou ailleurs. Quelqu'un d'autre peut vivre ici ou ailleurs. » Je la dévisageai. Elle était assise sur le sol, venait une nouvelle fois d'extraire la machine à écrire de son paquetage. « Je pensais au loyer. Il faut bien que quelqu'un habite ici et le paie. » C'était Niki qui s'en occupait, elle ne m'avait jamais demandé d'argent. Pendant son mois en Bolivie, j'avais attendu l'avis d'échéance afin de me rendre moi-même à la poste pour m'acquitter du loyer. N'ayant rien reçu, j'en avais déduit qu'elle l'avait payé d'avance. « Le loyer, on s'en fout, répondit-elle. Ça se règle tout seul. Tu n'as pas encore percuté ? » Elle leva les yeux vers moi avec un sourire étonné, comme authentiquement fascinée par ma bêtise. N'avais-je donc rien compris ? L'origine de son rapport insouciant à l'argent, son je-m'en-foutisme vis-à-vis du travail salarié et la générosité impressionnante dont elle faisait parfois montre à l'égard des autres et de moi. Ce fut peut-être à cet instant que je compris que nos chemins se sépareraient bientôt. « Il faut mettre les tubes de caviar au frigo, autrement ils se perdent. » Elle partit quelques jours plus tard, laissant l'appartement en l'état, avec les rebuts de son paquetage éparpillés par terre et le frigo plein de tubes de caviar. Je sortis des sacs-poubelle et j'y déversai l'intégralité du contenu du frigo avant de les descendre dans la cour, j'astiquai les étagères, vidai le congélateur et jetai les surgelés, je le dégivrai, réservai un créneau à la buanderie commune de l'immeuble, lavai tous les vêtements, les draps et les serviettes, je les séchai, pliai, organisai et rangeai dans son armoire, je frottai la table de la cuisine pour retirer les restes de nourriture et de cire, achetai un paquet de torchons bien rêches et je m'acharnai sur la cuisine comme j'avais vu faire ma grand-mère, les cheveux relevés, la radio à plein volume, je vidai les placards de tout le périssable, ramassai toutes les bouteilles vides pour les consigner, me débarrassai des plantes mortes, déposai les débris de vaisselle dans le local poubelle ainsi qu'un fauteuil défoncé et un grille-pain calciné. Après avoir ramassé tout ce qui traînait par terre, je passai l'aspirateur puis la serpillère jusqu'à ce que l'eau dans le seau fût claire. Je balançai mon matelas dans un conteneur dans la rue, fit le lit de Niki avec des draps propres, suspendis la clé à une ficelle accrochée à l'intérieur de la porte d'entrée, et partis. En gravissant les escaliers vers Sankt Eriksplan, je me ravisai. Peut-être devrais-je lui écrire une lettre. Au moins un mot sur la table avec le numéro de Sally, si jamais un locataire avait besoin de me joindre. Je fis demi-tour, posai mes valises devant la porte, réussis à attraper la cordelette, hissai la clé, la passai tant bien que mal par la fente à courrier, et déverrouillai la porte. C'était une astuce que nous pensions avoir inventée nous-mêmes puisque Niki – et dans une moindre mesure, moi – oubliait si souvent ses clés à la maison et passait des heures à attendre dans l'escalier. Je me déchaussai, sortis un papier et un stylo et m'installai à la table de la cuisine. Le téléphone sonna longtemps avant de s'arrêter. L'air embaumait le produit d'entretien. Je notai l'adresse de Sally et son numéro de téléphone puis fixai la feuille avec un aimant sur le frigo à côté d'un petit portrait découpé de Birgitta Trotzig, cheveux noirs, raie au milieu, sourire de Joconde. Le téléphone retentit de nouveau. Il était posé sur la table basse, le répondeur que j'avais acheté avait disparu et je soupçonnais Niki de l'avoir donné. « Allô, fit une voix masculine lorsque je décrochai. C'est Carolina ? » C'était le prénom que lui avaient originellement choisi ses parents. « Non, je suis sa colocataire. Ex-colocataire. » Je ne savais pas comment l'appeler. « Niki est en Irlande », finis-je par lâcher. L'homme au bout du fil, à la voix aussi grave que douce, n'était autre que son père. La mère de Niki était malade et voulait que sa fille rentre à la maison. J'écoutai attentivement, essayant de me le représenter, comme l'évêque luthérien Vergerus de *Fanny et Alexandre* joué par Jan Malmsjö, l'incarnation de la plus perfide cruauté, le regard caustique et les canines acérées, mais c'était la voix suave de Beppe Wolgers[1] susurrant un « bonne nuit » que j'entendais, exprimant une curiosité bienveillante à l'égard des occupations de sa fille : « Ah bon, elle a pris le train jusqu'au bout ? » et « Ce garçon qu'elle a rencontré, tu n'aurais pas son numéro de téléphone ? ». Je lui dis la vérité, je ne connaissais ni son numéro de téléphone, ni son adresse, ni même son nom de famille. Seulement un nom de lieu : Galway. Le père de Niki, Johannes de son prénom, garda le silence. On aurait dit qu'il grignotait un crayon. Au bout d'un moment, il annonça : « J'ai trouvé. » Il avait sorti un atlas, expliqua-t-il, la ville se trouvait sur la côte ouest, elle semblait accessible et pas trop grande. Le silence se fit, je devinais une supplication, une proposition en quelque sorte. Il finit par me demander si je n'avais pas envie « de faire un petit tour en Irlande ». Je lui répondis que j'allais bientôt reprendre mes études. « On n'est encore que début août, avait-il rétorqué, les cours ne doivent pas recommencer tout de suite. » Je déclinai le plus poliment du monde et, après un nouveau silence, il me laissa son numéro au cas où je changerais d'avis. Je le notai dans mon répertoire avant de raccrocher. Je quittai l'appartement de Niki pour la dernière fois et m'installai au rez-de-chaussée de la maison de Sally, une villa spacieuse, située à

1. Acteur ayant notamment joué dans une émission télévisée pour enfants semblable à « Bonne nuit les petits ».

quelques minutes à pied de la mer. Sally occupait l'étage. Nous faisions le ménage le samedi, elle en haut, moi en bas, puis nous nettoyions la cuisine ensemble avant de boire du café en dégustant une pâtisserie que Sally avait confectionnée. J'avais donné mon nouveau numéro à Niki et j'attendais un coup de fil, mais le temps passait sans qu'elle me donnât de nouvelles, le semestre universitaire commença, au bout d'à peine un mois, je laissai tomber les cours et trouvai un boulot de nuit comme contractuelle à l'hôpital Sabbatsberg, dans un service plein de vieillards grabataires plus morts que vifs, et une nuit, lorsque je découvris une femme qui était vraiment décédée et que, peu après, j'ouvris les portes du service à son fils qui voulait voir le corps et lui faire ses adieux, je pensai à Niki. Je n'avais pas de préavis à donner, aucun engagement, pas de projets particuliers. Le lendemain, je téléphonai à Johannes qui me confirma que sa proposition tenait toujours. La mère de Niki déclinait et se faisait de plus en plus pressante, il allait m'envoyer de l'argent par la poste. Je fis mes valises, descendis en ville, achetai une carte interrail, changeai mes couronnes en livres britanniques et irlandaises à la gare Centrale et, dès le lendemain, j'étais installée dans un train, direction Copenhague, côté fenêtre, à examiner la carte des voies ferrées que l'on m'avait donnée. J'eus envie d'appeler Palle et de lui crier que moi aussi je partais à l'aventure dans un pays étranger, regarde-moi, mais tout ce que je pouvais faire, c'était acheter quelques cartes postales à Hovedbanegården et les envoyer à une sélection de ses adresses de poste restante. Je n'étais pas sûre que mes spasmes aventureux débordant d'enthousiasme résisteraient au fret par avion jusqu'en Inde. Il lirait sans doute ma carte postale dans une rue indienne, au milieu de ce grouillement indescriptible dont il m'avait parlé, et sentirait passer une brise scandinave, glaciale et distante, dénuée de chair et de vie. Ah bon, un siège dans un train à moitié vide roulant vers le Danemark, quelle aventure ! Je regrettai les cartes postales au moment même où je les glissais dans la boîte rouge devant la gare Centrale et me dirigeai vers le quai où le prochain train m'attendait. Partout, des jeunes gens appuyés contre des sacs à dos démesurés, assis en petites grappes, certains avec une guitare ou une radiocassette, d'autres avec un pique-nique, des petits pains, du fromage frais, de la bière, d'autres encore qui dormaient, dos au mur, ou fumaient en levant les yeux au plafond, le regard vide. Le matin, j'avais embarqué sur le ferry entre Ostende et Harwich, et j'étais arrivée à la gare de Galway le lendemain dans la matinée. J'avais traversé la place, j'étais entrée dans un petit hôtel et m'étais endormie sur le lit tout habillée. Quand j'ouvris les yeux, il faisait nuit. Je me redressai, étudiai le plan de la ville qu'on m'avait tendu à la réception en réfléchissant à la manière de procéder. L'idée de chercher Niki dans une ville de soixante-dix mille habitants, intéressante en théorie, me paraissait désormais risible. Je sortis un stylo, divisai la carte en vingt cases et décidai de les fouiller l'une après l'autre, de jeter un coup d'œil dans les magasins, de chercher dans les pubs, de scruter les visages. Je n'avais rencontré James qu'une seule fois, à Stockholm, pendant les quelques heures précédant leur vol tardif pour la Bolivie, réservé sur un coup de tête. Nous avions grimpé sur le toit ; Niki et lui avaient passé la soirée à se rouler des pelles et à se peloter compulsivement, la conversation n'était plus que gémissements, absorbés qu'ils étaient par leurs langues et leurs mains. Cela semblait être le genre d'amour qui, pour exister, devait s'exhiber devant le monde entier, qui s'épanouissait sous les regards, et je me doutais que j'étais là pour ça, un corps sec et froid à côté du feu qui brûlait en eux, une sorte de repoussoir. Au moment où les cajoleries avaient commencé à changer de nature, j'étais redescendue dans l'appartement. Niki et James m'avaient rejointe vingt minutes plus tard, hirsutes et visiblement satisfaits d'avoir changé la bande-son des rues habituellement endormies, ne serait-ce que pour un quart d'heure. J'étais certaine de reconnaître James si je l'apercevais, quoique les chances d'une telle coïncidence fussent minimes. J'avais promis à Johannes de le contacter en arrivant, mais le téléphone posé sur la seule table de ma chambre était hors service et je n'avais pas la force de descendre à la réception. Je déterrai un muffin plastifié dans mes bagages et bus la fin de ma bouteille d'eau tiède achetée à la gare de Dublin, me lavai les dents et me glissai entre les draps. Niki qui s'appelait Carolina, qui vivait peut-être chez James qui s'appelait Adrian – sans adresse, ni numéro de téléphone, ni nom de famille. Je me laissai une semaine.

Aborder avec méthode une tâche irrationnelle donne l'espoir de réussir une mission en réalité impossible. L'approche systématique peut aussi donner du sens. Voire une certaine joie. Peut-être est-ce cette impression de méthode qui rapproche la quête de l'écriture, la promenade de la pensée vers le papier qui semble orientée vers un but bien précis sans l'être, une carte divisée en vingt cases égales d'une ville que je ne connais pas, à la recherche d'une personne qui s'y trouve, mais qui a disparu. Je commençai par la case une, située au nord-est de la ville, autour d'Eyre Square, je jetai un œil dans tous les pubs de William Street et hasardai quelques détours dans les ruelles perpendiculaires. Je passai le reste de l'après-midi dans les cases deux et trois, autour de la cathédrale et de l'université de l'autre côté du fleuve. Les jours suivants se déroulèrent de la même façon. Si je respectais globalement la progression systématique, il m'arriva, sur un coup de tête, de sauter dans un bus vers l'autre côté de la ville, de marcher jusqu'à Lough Atalia où je me promenai au soleil dans les collines vertes le long de la mer. Je tombai sur une immense bibliothèque dont j'inspectai le moindre recoin. Elle était presque déserte, mais je me représentais Niki arpentant les allées, faisant courir son index sur les tranches des livres. Dans l'entrée se dressait un grand tableau d'affichage émaillé de petites annonces. Ventes de manuels, groupes de travail, cours de guitare. Je l'auscultai sans savoir ce que je cherchais. J'eus soudain une réminiscence, un sport impliquant des fléchettes, et je me dirigeai vers la bibliothécaire pour lui demander un annuaire. Elle se leva, déroula le bras en direction des portes vitrées de l'entrée. Dehors, sur le trottoir, on distinguait une cabine téléphonique. Le bottin suspendu à un câble d'acier était fin, humide et criblé de trous de cigarettes. J'ouvris à la lettre D pour *darts*, notai les adresses des clubs de fléchettes et d'une boutique spécialisée. J'étais épuisée par l'attention que requéraient mes recherches et, après avoir dîné au comptoir dans un restaurant chinois, je sentis mes forces décliner et je rentrai dans ma chambre d'hôtel. La journée suivante débuta au téléphone, à la réception. Les adresses des clubs de fléchettes étaient obsolètes et les numéros de téléphone ne fonctionnaient pas ou avaient été réattribués à des gens qui ne connaissaient rien à cette pratique, mais je décidai malgré tout que j'étais sur la bonne piste puisque c'était ma seule. Dans High Street se trouvait une boutique qui vendait des fléchettes et des cibles, mais le propriétaire n'avait jamais entendu parler d'un Adrian qui participait à des tournois. Il savait en revanche où avaient lieu les compétitions, et c'était là, case neuf, dans un pub de Cross Street aux banquettes en similicuir sombre qui épousaient les murs, que j'étais finalement tombée sur James. Il buvait de la bière en compagnie d'autres hommes et ses yeux avaient d'abord glissé sur moi sans me voir tandis que je le fixai, postée près de la porte. Au bout d'un bref instant, son regard était revenu vers moi et il avait souri. Nous nous fîmes la bise et je me glissai sur la banquette à côté de lui. Niki n'était pas là et il se contenta de secouer la tête quand je lui demandai de ses nouvelles. Tous les membres du groupe s'étaient immobilisés et nous contemplaient, serrant leurs pintes entre leurs mains. Une cigarette abandonnée fumait dans le cendrier. James prit son élan et les autres s'approchèrent pour ne pas rater une miette du récit qu'ils avaient sans doute entendu plus d'une fois. Niki était entrée en dansant sur l'île verte, en poussant des cris de joie, littéralement. Elle avait serré dans ses bras tous les parents et amis de James, avait mémorisé les noms des propriétaires de bars, avait appris les règles alambiquées et l'histoire des fléchettes, avait débarqué à l'improviste au travail de James, dans un cabinet d'audit, et avait salué l'un après l'autre tous ses collègues, avait appris à connaître la ville, ses rues, tout son système nerveux et son humeur, et grâce à ses revenus fixes, à savoir l'argent que ses parents plaçaient chaque mois sur son compte, il avait bientôt été évident qu'ils pouvaient quitter la chambre de James dans sa famille à Shantalla pour un grand appartement à Sea Road, dans le centre-ville. Le déménagement avait été chaotique et intéressant, expliqua James, son frère avait transporté leurs cartons, meubles et sacs dans sa petite voiture jusqu'à la nouvelle adresse où ils avaient organisé la pendaison de crémaillère le soir même, bien avant qu'aucun d'entre eux n'ait eu la force de déballer ou de s'installer. Après coup, James avait compris que la question de l'ordre pourrait s'avérer problématique. La pagaille dans l'appartement de Niki à Stockholm, c'était une chose, il y avait pensé comme le produit dérivé de notre colocation exiguë, assorti du flux ininterrompu de gens qui le traversaient, mais ça, c'était différent. Alors qu'il avait défait ses sacs et casé ses affaires dans les tiroirs et les armoires, celles de Niki étaient restées dans ses bagages, ou juste à côté, ou en tas par terre, ou sur des chaises où elles se mélangeaient avec de nouveaux achats. Au bout d'une semaine seulement, le désordre avait aussi englouti ses effets personnels à lui, il retrouvait sa chemise, les manches découpées, sur un fauteuil, le canapé était maculé de taches de nourriture, café, vin, et la cuisine était jonchée non seulement d'assiettes et de reliefs de repas, mais aussi de livres, papiers, vinyles, courriers non ouverts et brouillons de manuscrits. Les deux premières semaines, James était presque toujours en congé et la vie était facile, malgré le bordel, les journées se passaient au lit ou au bord de la mer, et les soirées dans un pub, au restaurant ou chez un ami. Quand James avait repris le boulot, Niki avait fait de la cuisine son bureau. Elle s'asseyait à la table au milieu de piles de livres, martelait sur sa machine à écrire, poussait des jurons, froissait des boules de papier qu'elle jetait au sol. Quand James rentrait du travail, il devait commencer par déblayer la cuisine tout en ménageant Niki, dont la frustration grandissait. Elle se sentait enfermée. Elle criait qu'elle attendait plus que ça de la vie. Ils avaient prévu d'autres voyages ensemble, peut-être retourner en Amérique du Sud, ou traverser les États-Unis en voiture, mais pour ça, il fallait de l'argent et James devait travailler. Niki s'était également mise à douter de certains amis de James, qui au départ étaient tous des gens absolument merveilleux. Elle avait l'impression qu'ils cassaient du sucre sur son dos, peut-être avec raison puisqu'elle était indéniablement un drôle d'oiseau avec sa tendance à laisser son humeur pomper tout l'oxygène d'une pièce, à danser quand il ne fallait pas danser, à tirer la tronche quand il ne fallait pas tirer la tronche, à être incapable de supporter ses propres sentiments sans pouvoir s'empêcher de les exprimer. On tombait amoureux de Niki pour les mêmes raisons qu'elle nous irritait, ce qui plaçait constamment James dans une position de médiateur, d'intermédiaire. Il était devenu, comme tous ceux qui voulaient passer du temps avec elle, expert dans l'art de lire son humeur. À peine avait-il franchi le seuil qu'il pouvait, aux cliquetis de sa machine à écrire, savoir si sa journée avait été bonne ou mauvaise. Le reste pouvait se déduire de sa manière de le saluer, un jour d'un gazouillis amoureux, le lendemain d'une voix offusquée, orageuse, prélude à un spectacle de reproches et de défiance qui durerait toute la soirée. Niki n'était pas à sa place en tant qu'invitée, car rien dans son être n'avait la passivité attendue d'une invitée, et elle avait beau flâner quotidiennement à la bibliothèque, discuter avec des gens, apprendre de nouvelles choses, suivre des cours du soir de gaélique, elle se sentait parfois à l'étroit dans son existence. « J'aurais pu mieux gérer la situation », déplorait James, mais ses camarades autour de la table poussaient de hauts cris. « Tu as fait tout ce que tu as pu, assuraient-ils. Plus que tout. » Ils semblaient satisfaits que Niki ne soit plus dans la vie de James, ne serait-ce que temporairement, même s'ils s'accordaient pour dire qu'elle était formidable quand elle était bien lunée. Formidable, intelligente, avide de connaissances, cultivée, dotée d'une excellente mémoire, drôle, merveilleuse. Tout s'était terminé pendant une soirée comme celle-ci. Ils étaient au pub avec des amis, jouaient aux fléchettes, buvaient de la bière, elle avait passé la journée à la bibliothèque à lire des poèmes de Joseph Plunkett qu'elle avait récités, tout le monde était de bonne humeur, avait l'âme révolutionnaire, quand une personne avait fait son entrée dans leur groupe et avait serré James dans ses bras. C'était Emily, une femme de son passé, et comme James n'avait encore jamais fait l'expérience de la relation de Niki aux ex-femmes et ex-petites amies, et qu'elles devaient être considérées comme un matériau explosif, il avait commis l'erreur de la serrer dans ses bras de bon cœur et de la lui présenter. Niki avait tendu la main, forçant un sourire, puis avait filé aux toilettes. Au bout de dix minutes, elle n'était toujours pas revenue et James était parti à sa recherche. Elle était plantée là, entre le distributeur de cigarettes et les cabines de toilettes, les bras croisés, à attendre, frémissant de furie, remontée comme une pendule, humiliée, et elle l'avait houspillé avec des hurlements qui montaient depuis les profondeurs de son corps. Dans le pub, les conversations s'étaient tues, comme pour jauger le niveau de folie, avant de reprendre à leur niveau habituel. « C'était la dispute la plus étrange de ma vie, expliqua James, car au début, je ne comprenais pas de quoi il s'agissait. » Il scruta les visages autour de la table. « La fidélité rétroactive, déclara l'homme en face de moi avec un sourire, elle s'attendait peut-être à ce que tu sois encore puceau à vingt-huit ans. » Il était coiffé d'une casquette de baseball à l'envers. Il porta son verre à la bouche. Les autres ricanaient. « Possessivité extrême, soumission totale, exigences irrationnelles de faire de l'autre sa propriété privée », ajouta son voisin. Ses amis le considéraient en opinant. Il poursuivit : « C'est une chose de ressentir une pointe de jalousie quand une ex plutôt jolie débarque, c'en est une autre de faire une telle scène. » James tourna la tête vers lui, puis vers moi. N'y avait-il pas comme une question dans son regard ? « Ou peut-être a-t-elle simplement peur de l'abandon, suggérai-je, une peur panique assortie d'une incapacité extrême à gérer ce sentiment. » Les autres restèrent cois, l'un d'entre eux se leva pour commander une autre bière. Niki avait disparu le même soir, fourré des affaires dans un sac et pris la poudre d'escampette. Cela faisait près d'une semaine. James ne semblait pas inquiet, il n'avait aucune intention de se lancer à sa recherche. Cela ne ferait que jeter de l'huile sur le feu. Je leur demandai s'ils avaient une idée d'où elle pouvait se trouver. L'homme à la casquette me parla d'une pension près du fleuve où un Français logeait des *backpackers* et des locataires de courte durée. Je dépliai ma carte et il indiqua du doigt une petite zone au sud du cours d'eau. « Pourquoi cherches-tu Niki ? » demanda James en contemplant le plan avec ses tracés et ses annotations. « J'ai besoin de lui parler, c'est tout, répondis-je. Je n'avais ni adresse ni numéro de téléphone et elle ne m'a jamais appelée. C'était la seule manière. » De nouvelles bières atterrirent sur la table, je me levai pour partir. James nota son adresse et son numéro dans un coin de ma carte. « Si tu la vois, dit-il, dis-lui que... » Il ne termina pas sa phrase. « Passe-lui juste le bonjour. »

La pension au bord du fleuve était à l'origine un habitat fluvial qui n'avait pas obtenu l'autorisation de rester amarré au quai et avait été traîné sur la rive où il n'avait pas droit de cité non plus. Aussi avait-il été remis à flot. Le propriétaire, un Français, parlait un anglais avec un accent à couper au couteau et louait de petites chambres aux murs fins comme du papier dans la maison contiguë, qu'un parent éloigné lui avait prêtée. Les chambres, à six livres la nuit, comprenaient, semblait-il, un petit déjeuner spartiate ainsi que des moments de discussion avec le propriétaire, qui flânait constamment dans les parties communes en quête de compagnie. Niki avait occupé l'une des plus grandes chambres de la pension, mais s'était envolée la veille de ma venue, le soir, suite à une prise de bec avec le Français. Renfrognée, elle avait pris ses cliques et ses claques et avait débarrassé le plancher sans s'embarrasser du check out. Nous nous trouvions dans le jardin, il était enfoncé dans un fauteuil de bureau qui avait été traîné sur la pelouse. « C'est du Niki tout craché », affirmai-je. Il entra dans le bâtiment et je lui emboîtai le pas. C'était une ancienne usine de tissage dans laquelle on avait monté des cloisons de plâtre pour créer de nouvelles pièces. L'étage supérieur était organisé autour d'une cuisine ouverte où quelques clients éclusaient des bières en fumant autour d'une grande table. Niki avait occupé une chambre dans un coin et, postée en son centre, je compris qu'elle avait dû adorer cet endroit, avec vue sur la haie verdoyante, le jardin et le fleuve en contrebas, avec un grand lit, une table équipée d'une lampe de lecture, ainsi qu'une salle de bains privative séparée par une porte. Le Français l'ouvrit, alluma la lumière et passa la tête. « On dirait qu'elle a oublié quelque chose », signala-t-il en s'emparant d'un sac suspendu à un crochet près du lavabo. C'était un sac plastique de supermarché contenant une serviette sale, un maillot de bain mouillé et un exemplaire de poche élimé de *La fille du roi crapaud*, les pages gondolées par l'humidité. J'emportai le sac et je promis au Français de revenir chez lui dans l'éventualité où mon séjour serait prolongé. « Je vous donnerai cette chambre », suggéra-t-il. « Volontiers. » Le soir, je téléphonai à James pour lui raconter que j'étais tombée sur Niki, mais en même temps pas, qu'elle avait été dans ma ligne de mire, en quelque sorte, mais qu'elle avait de nouveau disparu, que je comptais laisser tomber et plier bagage. Peut-être Niki avait-elle fait de même, peut-être était-elle déjà en route vers Stockholm, vers le studio du quartier de l'Atlas. « Non, elle est là, annonça James, elle était à l'appart quand je suis rentré hier soir. On s'est rabibochés. » J'étais plantée à la réception de l'hôtel, le téléphone devant moi sur le comptoir. Le réceptionniste tapait sur un clavier devant un écran capricieux. « Tu veux lui parler ? proposa James. Elle prend un bain. » Je regardai l'heure. Dix-neuf heures trente. « Non, je passe chez vous. » Je me souviens encore du téléphone rouge brillant, de l'index de ma main libre emberlificoté dans le fil torsadé qui reliait le combiné au boîtier, et du portier qui me jetait des coups d'œil en coin en sirotant son thé. La localiser avait été un exploit, une victoire, mais uniquement pour moi. Niki s'était ingéniée à ne pas être découverte, elle n'avait pas envoyé de carte postale indiquant sa nouvelle adresse, n'avait pas laissé son numéro de téléphone. Sans doute mes recherches pouvaient-elles sembler insultantes, comme une partie de cache-cache avec quelqu'un qui n'a pas envie de jouer, qui veut simplement disparaître.

L'épisode s'était terminé par une rodomontade dans la cage d'escalier après vingt minutes à la table de leur cuisine, autour d'un thé et de biscottes, quand elle avait fini par comprendre l'objet de ma venue. Je crois avoir vu une ombre traverser son regard quand je lui avais révélé que sa mère était gravement malade, mais j'ai pu rêver. L'espace d'un instant, j'avais pensé que la question de fond, l'état de santé de sa maman, pouvait en quelque sorte compenser le fait d'avoir trahi sa confiance et de m'être laissé recruter pour lui mettre la main dessus. J'avais tort. « Le moment est venu pour toi de foutre le camp et de sortir de ma vie », lâcha-t-elle le plus tranquillement du monde. Elle se leva et lança, en élevant la voix : « Je suis fatiguée, tellement fatiguée. » Je songeai que les dieux des émotions sous son front avaient encore mélangé les cartes. Elle était en colère, pas fatiguée. Nous parlions suédois du début à la fin et James, qui ne pouvait suivre que la mélodie, posa la main sur l'avant-bras de Niki. Elle le repoussa vivement. « Tu ne vas pas t'y mettre aussi ! » rugit-elle dans sa langue maternelle. Je me dirigeai vers l'entrée. Niki me suivit avec James sur les talons. C'était un bel appartement avec du parquet au sol, des cadres de porte peints de différentes couleurs et des plantes resplendissantes dans de grands pots dans les coins. James et Niki portaient des chaussettes en laine assorties, et moi, dans mes chaussettes fines, j'avais les pieds gelés. J'eus le temps d'ouvrir la porte avant la dernière salve qui résonna dans la cage d'escalier. La disgrâce existait dans notre relation depuis ses prémices, tout n'avait été qu'une promenade sur une glace extrêmement fragile, ainsi étais-je aussi prête qu'on peut l'être. Pourtant, quelque chose se brisa en moi quand je vis le visage contorsionné de Niki et que ses derniers mots me parvinrent : « Tu n'as jamais été mon amie. Connasse. Espèce de grosse connasse. »

Le soir même, je grimpai dans le train et me retrouvai, quarante-huit heures plus tard, au rez-de-chaussée de chez Sally. Je prenais un bain quand mon amie rentra. Elle passa la tête dans la salle de bains, me salua, leva vers moi un sachet de girolles fraîches qu'elle avait achetées à Hötorget et une bouteille de vin rouge. Le vin terminé, Sally sortit du cognac. Ce fut la beuverie. Nous sautâmes dans un taxi pour aller en ville, nous dansâmes, nous nous comportâmes de manière odieuse. La conversation avec Johannes fut maintes fois repoussée, mais au bout d'une semaine environ, je lui téléphonai. J'espérais tomber sur le répondeur, la meilleure des inventions pour des explications vagues qui coupaient court à des questions de suivi embarrassantes, mais il décrocha immédiatement. J'expliquai la situation – je l'avais retrouvée, mais elle n'était pas intéressée, j'aurais sans doute pu formuler une invitation plus attrayante pour l'encourager à regagner la maison parentale, mais j'avais tout de même fait de mon mieux. « Je ne comprends pas, répondit-il. Elle est venue. Le lendemain de votre entrevue, elle a sauté dans un avion et elle a eu le temps de passer deux jours avec Sonja. » Je me laissai tomber sur une chaise et contemplai le jardin par les grandes fenêtres. « Sonja est la mère de Carolina. Elle est décédée. C'est comme si elle avait attendu le retour de sa fille, comme si elle s'était accrochée à la vie jusqu'à ce qu'elle rentre. » Johannes était très aimable, très calme, un veuf qui avait réussi – bien que temporairement – à faire rentrer une enfant perdue. Quant au sac en plastique contenant une serviette, un maillot de bain mouillé et *La fille du roi crapaud*, je l'ai retrouvé au fond de ma valise au moment de la déballer. L'exemplaire de poche rongé par l'humidité me suit depuis lors, fiché dans ma bibliothèque. Birgitta Trotzig revient à la mode à intervalles réguliers. Alors je songe à l'appartement et à la cuisine où Niki, d'une voix tonitruante, intimait à tout le monde de se taire lorsqu'elle déclamait des passages de *La fille du roi crapaud*, seule avec sa vision du monde et pourtant si convaincue, si sincère. J'ai toujours éprouvé une étrange réticence à prêter ce livre-là.

3

Alejandro

Au moment où je voulais un ouragan, un ouragan s'abattit sur moi. Je rêvais d'être enlevée, emportée dans un tourbillon, et j'eus la chance d'obtenir très précisément ce que je recherchais, la malchance d'obtenir tout ce que je pensais vouloir, la chance et la malchance de voir exaucées mes prières d'amour passionné. C'était à peine quatre mois avant le passage au vingt et unième siècle, j'étais étendue sur le ventre dans le lit, à côté de Kristian, dans notre appartement à Årsta et j'écoutais la petite campagne pro-bébé sur laquelle débouchait chacun de nos ébats. Au quotidien, il travaillait au Parlement suédois, au secrétariat d'un groupe politique, il rédigeait des tribunes, des discours, des courriers de « citoyens mécontents », des textes étayant des propositions de loi, des communiqués de presse, des posts de blogs pour le compte des députés, et était, à cet égard, un homme de campagne et d'opinions, les siennes et celles des autres, toutes fluctuantes, les opinions de demain, à savoir les opinions que les gens ne savaient pas encore qu'ils défendraient un jour. L'opinion était la matière première de son artisanat, le terreau où fleurissaient ses mots. Aujourd'hui, il est responsable de la communication dans une organisation environnementale. Je le croise de temps en temps lors d'événements (nous avons des connaissances en commun), mais quand il m'aperçoit, il se contente de hocher la tête et détourne ostensiblement le regard : la blessure n'est pas encore refermée. Toujours est-il qu'il menait sa campagne pro-bébé (« un bébé, ou deux, trois, cinq »), la main sur la chute de mes reins et le nez dans mes cheveux, en s'appuyant sur ces fantasmes que font naître chez presque tous les mortels les listes de prénoms d'enfants qui viendraient peut-être au monde : Dante, Max, Wilmer, Maya, Nelson, Lova, Miranda, Berit, Margareta, Julia, Bassian, Bella, ça pouvait ressembler à un jeu (Johnny, Conny, Sonny, Ronny), mais c'était en réalité l'équivalent du petit bol de friandises déposé avec obséquiosité au comptoir d'un stand de lobbyiste, c'était si facile d'y marquer une halte, se laisser complimenter, se mettre à argumenter et badiner, glisser que ma préférence allait à Frank, et à Billy, ce qui le fit éclater de rire, et le débat était clos, un pacte avait soudainement été scellé. À cet instant précis, je m'étais sentie interchangeable, au même titre que ses opinions, ses collègues et ses clients, comme une des dents d'un rouage ou une annexe dans le grand système qu'il servait avec un si grand enthousiasme en jean et veste griffée, dont traitaient les épais volumes de sa bibliothèque, mais quand il se fit tatouer mon nom autour du bras dans le but de prouver que je n'étais pas interchangeable, j'étais déjà en train de m'éloigner de lui, j'avais déjà couché avec Alejandro à l'arrière d'un taxi, de retour de Vaxholm. Ainsi est-ce difficile de juger comme ça, *a posteriori*, lequel de nous deux était interchangeable.

Personne n'avait demandé à Alejandro de rejoindre Zomby Woof, il ne jouait suffisamment bien d'aucun instrument, mais on racontait que le soir où il était monté spontanément sur scène et avait commencé à bouger au rythme de leur musique, le groupe avait semblé pour la première fois au complet. Un peu plus tard, on avait placé entre ses mains un tambourin, mais lorsqu'on voyait Alejandro sur scène, l'instrument était vite oublié. Il était hypnotisant, on ne pouvait détacher son regard, et il balançait son corps avec une telle ferveur que le mot « danse » ne suffit peut-être pas, c'est plutôt qu'il abandonnait son corps à la musique et laissait le rythme prendre une forme physique sans jamais faire escale. Ses mouvements ne faisaient qu'un avec la musique d'une manière jamais vue, ce qu'il expliqua, quand nous commençâmes à nous fréquenter, par des trips psychédéliques lors desquels il avait pris conscience que le son et la matière sont au fond la même chose, que la musique possède une architecture et *vice versa*, que les sens, si on les laisse se mêler à leur guise, peuvent nous fournir une quantité inimaginable d'informations. Plus tard, je compris qu'il consommait un tas de drogues, certaines dont je n'avais jamais entendu parler. Je le rencontrai pour la première fois au Fasching, nous étions entrés au moment où le groupe allait attaquer son premier morceau, il discutait avec quelqu'un, le pied posé sur une enceinte, mais tourna la tête, regarda notre petite bande s'installer, et nos regards se croisèrent. Je me trouvais avec Sally et quelques autres personnes, nous étions sortis « juste comme ça », le lieu importait peu, pourvu qu'il y ait de la musique et de la bière, et nous nous étions retrouvés dans ce club de jazz enfumé et familier entre Stockholm City et Kungsholmen. Au bout d'une heure, mes compagnons avaient continué leur tournée des bars, même Sally, mais j'étais restée, incapable, semblait-il, de me mouvoir. Il portait des baskets rouges, un pantalon noir serré, une chemise blanche, qu'il avait déboutonnée au bout de quelques minutes, sur un marcel, les cheveux en catogan, et quand un morceau s'achevait, mon seul souhait était qu'un autre commence. C'était ma seule envie, j'étais là, avec ce désir cryptique qu'une nouvelle chanson débute. Encore un morceau, par pitié, encore un morceau avec lui. Zomby Woof jouait un electrojazz rythmé, assez particulier, avec deux percussionnistes en plus du batteur, un piano, un synthé, une contrebasse et un trompettiste qui se levait de temps à autre de sa chaise placée au bord de l'estrade et se lançait dans un solo. Sans oublier Alejandro, sorte de figure de proue, le visage sur la jaquette de leur unique album, bien qu'à peine présent lors de l'enregistrement. L'album, sorti en CD, s'est vendu à deux cents exemplaires, ce qui veut tout dire, à savoir que la musique était visuelle, improvisée, créée dans le moment présent avec une sorte d'ardeur qui ne peut exister que dans la rencontre avec un public. Les musiciens du groupe étaient des professionnels, pleinement absorbés par d'autres projets, aussi les répétitions étaient-elles rares. Zomby Woof prenait les concerts à la légère, se retrouvait une heure avant pour boire un café et décider par quel morceau ils allaient commencer. C'était tout, le reste suivait, l'ambiance dans la salle était déterminante, la danse d'Alejandro montrait la voie, d'un bout à l'autre de la soirée. Pendant les morceaux, il semblait profondément concentré et plongé en lui-même, mais quand la musique s'arrêtait, il déambulait librement sur scène, buvait de l'eau dans une carafe en verre, prenait le micro pour prononcer quelques mots, en anglais, espagnol ou suédois, remerciait les spectateurs pour leurs applaudissements, présentait la chanson suivante et les membres du groupe ou indiquait le lieu du prochain concert. J'avais parfois l'impression qu'il s'adressait à moi, et je pensais évidemment que je me faisais des idées, à moins que ce soit le fait que je me fasse des idées qui était erroné, ce qui s'avéra être le cas, car pour introduire l'un des derniers morceaux, il lança « *This is for the lonely lady in black* » en pointant le doigt dans ma direction. Je lui adressai un petit signe de la main en réponse. Notre relation avait commencé.

Sally et moi sortions souvent de cette manière, *juste pour sortir*, en tête à tête ou après quelques coups de téléphone à des connaissances, qui nous rejoignaient au fil de la soirée, et nous ne recherchions ni la bière, ni la musique, ni encore les conversations avec tous ces inconnus sur lesquels nous tombions souvent, mais cette sensation de liberté bien particulière. Eussions-nous été des personnes différentes, à un endroit différent, nous serions peut-être allées pêcher avec l'objectif d'éprouver cette même sensation, ou nous aurions plongé nues dans la mer avant de nous installer côte à côte sur un rocher pour contempler l'horizon. Quelques années plus tôt, son père avait disparu en voilier dans l'océan Pacifique et, au cours des douze mois à peine où il était parti et pendant lesquels elle nourrissait encore l'espoir de le retrouver sain et sauf, nous passions notre temps dans différents bars et restaurants à tourner et retourner la question. L'espoir, surtout lorsqu'il s'amenuise, se discute le mieux autour d'un verre. Quand cette petite année toucha à sa fin, il lui fut impossible de rester seule, à la maison, avec la carte, à réfléchir aux vents marins qui changent de direction au niveau de la mer des Philippines, aux courants perpendiculaires à la direction du vent expliquant qu'un bateau dérive vers le nord quand le vent souffle de l'ouest et aux tourbillons océaniques subtropicaux qui se créent à cet endroit-là, juste au nord de l'équateur. Au Fyra Knop, il n'y avait pas de vent, au Fenix et à l'Indigo non plus, restaus où nous allions souvent manger une soupe, attablées près de la fenêtre, là où nous nous retrouvâmes quand le corps eut été repêché et rapatrié, et lieu de rendez-vous après les obsèques. Mais ce soir-là, nous étions mercredi, j'avais laissé Kristian au lit et pédalé jusque chez elle à travers le crachin, nous bûmes du thé et du vin, passâmes quelques coups de fil. Certains avaient fait l'acquisition d'un téléphone portable, d'autres non. Certains possédaient un répondeur qu'ils pouvaient consulter à distance, d'autres disposaient d'un mobile professionnel qu'ils utilisaient discrètement à des fins privées. L'un avait gardé un vieux pageur qui émettait des bips en clignotant. Sally avait vendu la maison de son père à Lidingö environ un an plus tôt pour acheter un appartement à Malmgårdsvägen qui comprenait un petit atelier où elle retapissait des meubles pour quiconque voulait donner une nouvelle vie à un vieux fauteuil, chaise ou canapé. J'étais installée sur un tabouret à l'assise décolorée, des aiguilles pointues dépassaient sur les côtés, un projet en cours. Sally portait une salopette de travail tachée de peinture et de colle, mais devait aller se changer. Au début de notre amitié, nous nous étions demandé si nous n'étions pas amoureuses l'une de l'autre, mais ça s'était rapidement tassé et avait laissé la place à quelque chose de beaucoup plus durable, une conversation sur plusieurs années, un cycle perpétuel, un amour véritable sans possession, un pacte qui nous renforçait, nous aidait à affronter chaque nouvel événement de nos vies. Au cours des années où nous nous sommes fréquentées, j'ai pleuré un nombre incalculable de fois sur son canapé, des canapés différents, mais presque toujours les mêmes pleurs, j'ai ri, été amoureuse, jalouse, et je me suis sentie laide, ratée, nous mélangions nos vies comme la chose la plus naturelle du monde, avec une promesse tacite et réciproque de protection – si je pouvais emmener une seule personne sur une île déserte, ce serait elle, etc. Nous étions attablées dans la cuisine, Sally lisait tout haut un article de journal, un agenda avec des recommandations d'événements et de concerts. « Jazz Bambou timbré avec danseur azimuté. Ça te dit ? » Elle poussa le journal dans ma direction, disparut dans la chambre et ressortit arborant une tenue légère, style robe d'été. « On est quasiment en octobre », dis-je. Sally haussa les épaules et pointa son doigt vers moi. « Et tu vas à un enterrement, comme d'habitude ? » Nous quittâmes l'appartement, sautâmes dans le bus, retrouvâmes quelques amis dans la queue devant Fasching, il était vingt heures, et étant donné que ma vie allait prendre une direction différente seulement quelques heures plus tard, lorsque j'allai frapper sans l'ombre d'une hésitation à la porte de la pièce terriblement enfumée où tout Zomby Woof s'était engouffré après le concert, je me rappelle les événements des heures précédentes avec une acuité inouie : l'asphalte mouillé sur le pont Kungsbron, la bande d'ados devant Burger King au coin de la rue Vasagatan, Sally qui tirait l'antenne de son téléphone mobile avec les dents avant de passer un coup de fil et de lâcher « Maintenant, on entre, merde » parce qu'elle était frigorifiée dans sa robe d'été et sa veste légère, et tous ces détails semblent si insignifiants et naïfs, et moi si innocente et distraite, comme s'il ne restait plus pour moi d'instant déterminant ou de décision radicale à prendre, comme si j'en avais déjà terminé avec tout ce qui brûlerait dans ma vie.

Jusqu'à ce soir-là, j'avais toujours affirmé que l'humain est au fond rationnel, que les actes sont généralement motivés par des calculs, petits ou compliqués, conscients, erronés ou incompréhensibles, mais des calculs tout de même, et mus par un dessein, un objectif de rendement, d'avantages, de joie, de jouissance, de bonheur peut-être, une sorte de volonté que l'être humain est en quelque sorte condamné à suivre, attendu qu'il est, au fond, sage, qu'il veut ce qu'il y a de mieux pour lui-même et parfois pour les autres. Mais quand je frappai à la porte et contemplai les jointures de mes doigts, gercées par l'automne, mais réchauffés par la soirée, à côté de la pancarte manuscrite,

« *backstage* + équipe », je compris que j'avais eu tort, que nous plaquons les calculs après coup sur nos impulsions, les chiens fous, les chiens sauvages qui guident en réalité nos vies. J'avais passé du temps dans les canapés et fauteuils de Sally, sur le toit au-dessus de l'appartement de Niki dans le quartier de l'Atlas, dans les salles de repos de différents lieux de travail, dans les cafétérias de l'université et dans tout un tas d'endroits à défendre la raison, comme un bon petit soldat. Niki disait souvent des choses comme « L'histoire démontre que l'humain est fou à lier », mais je n'étais jamais d'accord avec elle. Au contraire, je clamais que l'histoire prouve que l'humain est un être raisonnable, voire doté de bonnes intentions. La discussion était théorique et générale, banale peut-être, mais la certitude de l'humain raisonnable me simplifiait la vie. Elle faisait de moi un être bon, un être entier. Elle m'empêchait d'être engloutie par les ténèbres. Le lendemain du concert de Zomby Woof au Fasching, je fus prise d'une envie de téléphoner à Niki et à tous les autres pour leur donner raison. J'étais dans le métro, j'allais travailler (je révisais des textes pédagogiques pour un éditeur de manuels scolaires à Solna) et je contemplais les visages des inconnus autour de moi sur lesquels je vis pour la première fois ce qu'un chercheur du chaos a appelé « les concentrations de variables imprévisibles », une sorte de folie sauvage et éternelle tapie juste sous l'épiderme de chacun d'entre nous. Sans doute avait-elle toujours été là, invisible à mes yeux. Il ne s'était rien passé la veille au soir – rien « passé » –, mais quand j'avais pénétré dans la pièce derrière la porte, Alejandro avait levé les yeux sur moi, comme s'il m'attendait, et quelques heures plus tard, quand nous avions pris congé l'un de l'autre, nous partagions une certitude qu'aucun de nous n'éprouvait le besoin d'énoncer. La famille de sa mère avait été décimée à Sobibór, son père incarcéré à l'Estadio Chile avec Victor Jara en septembre 1973, il avait appris la danse à l'Académie de ballet et dans une compagnie de danse britannique, mais elle préexistait dans son corps. J'inscrivais dans ma mémoire tout ce qu'il racontait, les *informations* qu'il distillait, afin de pouvoir les transmettre à Sally et à tous ceux qui poseraient des questions, et peut-être à moi-même, un jour à l'avenir, mais les *informations* n'étaient que l'enveloppe et bien loin des *détails* qui me réveilleraient le lendemain matin, le cœur battant, à côté de Kristian et toute notre vie bien rangée avec ses épais livres sur la table de chevet dont les titres comprenaient des mots comme *organizing* et *globalization*. Le soir même, je me retrouvai de nouveau dans le canapé de Sally. Vieux, molletonné, appartenant à un client qui n'était pas venu le retirer, tapissé de tissu en lin rouge piqueté de fleurs mauves qui n'existaient pas dans la réalité, des *fleurs*, tout simplement, un fantasme humain de fleurs, le genre de liberté que les artistes se permettent à l'égard de la nature, ils la voient, mais inventent autre chose.

Nous mangeâmes des toasts à la moutarde et au fromage, arrosés de thé. « Victor Jara ? » Je hochai la tête. « Sobibór ? » Je répétai mon geste. « Et de quoi vous avez parlé pendant trois heures ? » Sally et moi étions assises côte à côte à la table basse. Une VHS reposait dans son boîtier devant nos assiettes, *Happiness*, mais le moment de l'insérer dans le magnétoscope n'était pas encore venu. Nos soirées cinéma se terminaient souvent de la sorte. On ne touchait pas au film. Je haussai les épaules. À vrai dire, je n'avais pas la moindre idée de ce dont Alejandro et moi avions parlé, je l'avais simplement inhalé, la danse était restée incrustée en moi et sa manière de bouger, ses baskets rouges si agiles contre le sol, les plis aux commissures de ses lèvres qui se prolongeaient en parenthèses quand il souriait et sa manière de parler, un flux pêle-mêle de phrases, d'associations d'idées et de questions lancées dans une direction que Kristian rejetait souvent comme étant *beside the point*. C'est peut-être là que tout se jouerait par la suite. Peut-être n'y avait-il aucun endroit où j'aurais plus volontiers voulu être, dans les détails à côté de toute l'*information*, toute cette surface-là. Alejandro, je voulais simplement descendre en lui, entrer en nous, sans savoir ce qui s'y trouvait, et quand je pensais à ses mains qui dénouaient et renouaient son chignon, je tressaillais, comme secouée par leur seule existence, par le fait que ses mains fussent là, accrochées à son corps, à suivre les ordres de son cerveau, qu'il vécût, tout simplement, et se promenât en ville, son dos contre le mien dans le temps, dans une rue ou dans sa salle de bains, qu'il se trouvât quelque part, qu'il l'eût toujours fait, que ce fût simplement possible, qu'il eût toujours existé. J'aurais préféré mettre en route le film, m'endormir en position fœtale et me réveiller au générique de fin sous une couverture que Sally aurait étendue sur moi comme cent fois auparavant. Je me sentais malade, fiévreuse, mes meubles intérieurs avaient été réagencés, mes organes déplacés, mes pensées échangées. Ma relation à moi-même, ce « je » semblait étonnamment délié, comme si, à la première secousse, ma vie entière pouvait se décrocher complètement de ses attaches et s'envoler. Sally saisit la cassette vidéo et lut le verso sans enthousiasme. « Quand allez-vous vous revoir ? » Elle reposa la cassette sur la table. « Je ne sais pas », dis-je. Elle eut un petit rire, se leva et débarrassa nos assiettes, on entendit des cliquetis de vaisselle dans la cuisine et elle revint, la théière remplie à la main. Elle s'accroupit devant le magnétoscope, inséra la cassette et s'installa dans le canapé avec une télécommande dans chaque main. Elle passa une bande-annonce en avance rapide et appuya sur pause au moment du générique de début, posa les télécommandes sur la table et me regarda. « Samedi », lui dis-je.

Toutes les personnes que je connais se remémorent la période antérieure au changement de millénaire avec une certaine honte : l'excitation sembla *a posteriori* si disproportionnée, si stupide, si ridicule. C'était un sentiment collectif, semblable à un mouvement populaire, mondial, alors même que personne n'était capable d'en déterminer le contenu plus profondément que comme « le temps qui passe ». Les chiffres semblaient magiques, et ils l'étaient, mais uniquement à la manière des chiffres. Sans doute était-ce tous ces zéros et l'espoir qu'ils se trouvassent de l'autre côté d'un feu purificateur, ou l'idée que la plénitude et la perfection du nombre deux mille fussent un gage de quelque chose, un triomphe en soi, une preuve que l'humain est maître du temps. Des listes furent dressées, des milliers de listes au sujet du siècle, du millénaire, pour nourrir la mémoire peut-être, mais par-dessus tout pour l'écarter, avec l'espoir que le passé disparaîtrait si seulement on prenait soin de le catégoriser avec une attention suffisante. Plus tôt dans ma vie, dans mon enfance et mon adolescence, le passage au troisième millénaire avait été un point brillant dans un avenir lointain, un lieu où l'on voyait un deux scintillant suivi de trois merveilleux zéros, un moment où je serai adulte et capable en quelque sorte de me porter moi-même sans hésitation. Au fil du temps, depuis le début des années quatre-vingt, j'avais donné rendez-vous à de nombreuses personnes à minuit précis, le soir du passage à l'an deux mille. Je devais retrouver Katarina et Anette près des terrains de football de la rue Dejegatan, Jimmy Pihl à la porte de Brandenbourg, Laura et trois autres Américains dont j'ai oublié le nom au cap

Comorin, et Danne au Kvarnen, bien entendu, des rendez-vous pris dans un moment de brève exaltation ou dans une ivresse d'avenir, dans une sorte d'arrogance à l'égard du temps qui passe. À présent, je n'avais pas la moindre intention d'honorer ces rendez-vous et je ne pensais pas que quiconque le ferait, à l'exception peut-être de Danne sur qui j'étais tombée plusieurs fois dans le quartier du Kvarnen, avec qui je m'étais parfois arrêtée pour discuter, qui semblait presque toujours ivre ou en proie à la gueule de bois, arborant une écharpe vert et blanc les jours de match, et qui m'avait raconté que le prix du cannabis afghan suivait l'inflation avec la même sensibilité que le Big Mac. Nous avions pris des directions différentes dans la vie, mais empruntions dans la ville les mêmes chemins et, chaque fois que nous nous croisions, j'éprouvais un léger inconfort au niveau de la zone abdominale, autour du plexus solaire, je ne saurai dire où exactement, mais là où siègent mes choix de vie alternatifs. J'aurais pu me trouver là, à côté de lui, avec comme seuls intérêts les prix du cannabis et les matches à domicile. J'ai ensuite réalisé qu'il me considérait avec la même pitié, j'étais devenue une adulte bien rangée avec une carrière en demi-teinte, des relations moyennement longues, des déménagements fréquents et pas d'enfants. Danne en avait trois, de trois femmes différentes, toutes « des hystériques », mais ne semblait pas spécialement impliqué dans une vie de famille ni, d'après ce que j'en comprenais, dans une vie professionnelle durable. Il voyait ses gamins de temps en temps, bossait un peu à l'occasion, fréquentait Roskilde ou d'autres festivals s'il en avait les moyens et « vivait à fond la caisse ». Un changement de millénaire, ça ne lui faisait ni chaud ni froid. « Le temps est là-dedans, déclara-t-il en se tapotant le crâne de l'index, pas de raison de se mettre la rate au court-bouillon. » L'an deux mille avait semblé pour moi désirable lorsqu'il était éloigné, un cadeau merveilleux tant qu'il restait emballé, mais plus la date approchait, plus mes fantasmes d'être devenue « adulte » me semblaient ridicules. Tout le monde avait sans doute fini par éprouver la même impression, que le cadeau, loin d'en être un, n'était autre qu'une journée de plus dans nos vies. Certaines attentes étaient liées à un bug dans tous les systèmes informatiques de la planète qui déboucherait sur le chaos et une atmosphère de fin du monde, d'autres à une invasion extraterrestre, mais la plupart des gens voulaient surtout faire la fête, longtemps, à fond, de toutes leurs forces, ils voulaient participer à la fête des fêtes, raconter aux générations suivantes que le Nouvel An deux mille avait été une teuf de dingue. Sally possédait un pin's, la date « 1900 » dans un cœur, le seul message que je l'aie jamais vue porter, mais elle avait tout de même commencé à essayer des robes. Le film était fini, je m'étais endormie au milieu et réveillée au générique de fin, et j'étais assise sur le canapé, tasse de thé froid à la main, invitée à donner mon avis : noire ou rouge, longue ou courte, sobre ou robe de gala. Nous avions prévu trois soirées, un « before » sous forme de dîner, une fête autour de minuit et un « after ». « Trois soirées, trois robes », avait décrété Sally. Le dîner se tiendrait chez nous. Elle avait passé quelques jours à parcourir les friperies de la ville et avait amassé un bon stock de tenues qu'elle me présentait l'une après l'autre. Sally était férue de vêtements, elle possédait des centaines de pièces. Certains soirs, il arrivait qu'elle se change et se rechange tant de fois qu'au lieu de sortir, nous options pour une soirée fringues-charades, fringues-lectures à voix haute (*Hundstunden*[1], *Husfrid*[2]), ou encore fringues-vin. Sally n'avait pas de relation fixe, uniquement des *amants* qui entraient dans sa vie et en sortaient – étaient remerciés, plus précisément –, et le plus souvent, c'était fini avant même que ça ait le temps de commencer. Pour elle, c'était un jeu, à moins qu'elle fît semblant, une farce de chambre à coucher dans laquelle elle oubliait quasi systématiquement le patronyme des hommes et riait des efforts qu'ils déployaient pour la prendre dans leurs filets. Elle voulait bien partager sa vie avec quelqu'un, *en théorie*, un jour, à l'avenir, quand la bonne personne se présenterait. Mais quand la bonne personne semblait se présenter, un homme de son âge, célibataire, charmant, attirant selon ses critères, il ne l'était finalement

1. De Kristina Lugn, 1989, non traduit en français.
2. De Sonja Åkesson, 1963, non traduit en français.

pas. « Difficile » est un mot qui pourrait peut-être la définir, mais en réalité, elle n'était pas difficile, ni exigeante, ni tatillonne, ni même ergoteuse, car il ne s'agissait pas d'une caractéristique chez elle qui faisait fuir les hommes dès qu'ils avaient pris leurs aises et avec précaution posé une brosse à dents sur le lavabo, mais un vide où devait se trouver une caractéristique, si tant est que la confiance fût une caractéristique, car le monde de Sally se mettait à tanguer dès qu'elle se trouvait face à la possibilité de s'attacher à quelqu'un. « Rester attachée », comme elle disait, tandis que je disais « s'attacher ». C'était une sorte de leitmotiv dans nos discussions, l'écart entre les deux, sa peur de « rester attachée » et ma propension à « m'attacher ». Son amant du moment était un bon choix. Robert, qui retournerait bientôt à Tel-Aviv et reprendrait ses études de médecine ou de chimie (elle ne se rappelait jamais exactement son cursus) et qui lui écrirait peut-être quelques e-mails éplorés avant d'abandonner. Quand je lui avais demandé si elle comptait lui rendre visite, elle s'était contentée de froncer le nez. La confiance n'est qu'un mot quand on ne la ressent pas au fond de soi. Dès que la confiance est là, qu'elle trouve un point d'ancrage, qu'elle est en place, elle se fond dans le paysage et adopte d'autres noms. Johanna, Hägersten, papa, Atlas, Farsta. *S'attacher*, pour moi, revenait à se faire tatouer, tout perdurait, les détails étaient préservés, toutes les personnes dont j'avais été amoureuse ou pour qui j'avais éprouvé de l'amitié. Je considérai Sally qui suspendait les robes déjà essayées à des cintres et les entassait avant de les transporter dans l'armoire. Elle en avait sélectionné trois et placé trois autres en réserve. *Rester attachée.* Peut-être suffisait-il de la bonne robe, de la bonne ivresse, de tomber sur la bonne personne, d'être avalée, de dégringoler dans la bonne faille, infinie, où la confiance s'installe alors même qu'elle en était incapable, comme l'œuf en marbre incassable qui ne se brise que si le coup est suffisamment précis et décoché au moment opportun, au moment magique.

Et le samedi, c'était à Vaxholm, dans un bar pourvu d'une véranda qui donnait sur le quai, que Zomby Woof joua en deuxième sur quatre groupes et quitta la scène juste avant vingt et une heures, puis Alejandro zigzagua jusqu'à ma table à la fenêtre. J'étais seule, sobre, concentrée comme si le reste de ma vie dépendait de ces instants, j'essayais d'atteindre un niveau d'éveil où j'étais plus qu'éveillée, une sorte d'état d'alerte, j'imagine, tous les sens sur le qui-vive. Je me sentais dépourvue d'histoire, d'origine, comme si le vingtième siècle, qui touchait à sa fin, ne se déroulait pas en moi depuis trente ans, et quand nous nous levâmes, quelques heures plus tard, nous ne nous étions pas touchés hormis cet infime détail : à une occasion, son auriculaire caressa le dos de ma main. Quelques centimètres de peau en l'espace d'à peine une seconde, mais je peux encore, plus de vingt ans plus tard, me remémorer ce contact et ses répercussions physiques, mon sang à l'étroit dans mes veines, ma vie à l'étroit en moi-même, qui semblait déborder, se collait à tout le reste, déjà dans le taxi puis chez lui, pendant plusieurs heures, dans un deux pièces d'Örnsberg avec un lit étroit dans un coin, où le rire s'était éteint, remplacé par une solennité si exigeante qu'elle me faisait peur. Il s'agissait non plus de plaisir, mais d'un élément plus fondamental, un espace en moi où tout s'éparpillait, était rendu accessible, mon enfance, mon entourage, les liens entre tout. « Le désir » semblait être du « désir » jusqu'à ce que j'y disparaisse et que je reste là. Naissait alors un autre type de désir, un pacte de magie passagère où des espaces intérieurs se touchaient alors qu'ils en étaient d'ordinaire incapables. Le droit à l'authenticité, au beau milieu de cet acte, sans une seule pensée dans la tête, sans imitation, le droit de briser ma vie librement, une fois de plus. J'étais si proche de moi-même dans ce genre de situation, à l'orée de moi, mais le voir ici, dans ma propre chair, être introvertie, et pourtant le trouver là, comme si nous nous étions attendus depuis toujours, la sueur et la flamme qui si rapidement devinrent communes. Le lendemain matin, il s'était levé bien avant moi, il avait « quelque chose à régler » en ville, mais à mon réveil, il reposait à mes côtés, je franchis, sans m'en rendre compte, le seuil qui séparait le rêve du début de la journée, ou du début du « moi ». C'est encore aujourd'hui ainsi que je me remémore Alejandro, tout à fait immobile sur l'oreiller, son visage si proche du mien et ses yeux noirs semblables au signe de ponctuation « deux-points », un signe que je devais franchir avec toute ma concentration. J'ai eu dans ma vie une bonne dose de magie, le plus souvent dans mes rencontres avec autrui. Il y a quelque chose là-dedans, et *uniquement* là-dedans. Je ne peux pas être plus précise que ça : si l'on cherche quelque chose, c'est dans les autres que cette quête doit se poursuivre, et nos paires d'yeux sont les deux-points transversaux qui se dressent entre nous, pour entrer en l'autre, ou en sortir.

« Un rebelle », décréta Sally au bout d'une semaine. Son index et son majeur griffaient l'air : « rebelle », un défaut d'adolescent qui chez certains ne disparaît jamais. Aujourd'hui, ce qualificatif l'aurait peut-être placé quelque part sur un spectre médical, mais nous étions au mois d'octobre précédant le passage au troisième millénaire. Sally m'aida à déménager depuis Årsta. Kristian balança mes dernières affaires par la fenêtre : un carton de vêtements puis des cintres qui fendirent l'air, l'un après l'autre. Lorsque je compris qu'il me visait, je me plaquai à la façade de l'immeuble jusqu'à entendre la fenêtre se refermer. Je montai les cartons dans le grenier de Sally et traînai un matelas dans son bureau. « Un rebelle. » Elle ne parlait pas de la drogue, mais de sa manière d'aller et venir, de disparaître et d'appeler depuis une autre ville, deux jours plus tard, d'arriver très en retard aux rendez-vous, ou très en avance, ou pas du tout. Il vivait sans projets ni promesses, sans penser à l'avenir, il redoutait la « terreur imposée par le quotidien », et dans la mesure où j'étais, à l'inverse, si désespérément attachée à ce quotidien, aux heures précises qui soigneusement passent en nous, le plan détaillé du miracle latent, la fin de notre histoire était pleinement visible depuis son commencement, une prémisse. Il était dans la nature même de l'histoire qu'elle s'achève, à l'instar d'une saison, en quelque sorte, et c'était là où le bât blessait, justement. « Nous vivions des vies différentes, tout simplement. » C'était devenu ma réponse standard à ceux qui se demandaient ce qui s'était passé entre nous, même si « des vies différentes » était un euphémisme, et « tout simplement » un pur mensonge. C'était un rebelle dans un monde qui ne l'était pas, un type hyperlaxe et polaire, et j'ajoutais toujours que « ça n'aurait pas pu fonctionner sur le long terme », une supposition fondée sur mon expérience, certes, mais peut-être avant tout une manière de me consoler.

Pour le réveillon, la première robe de Sally était longue, bleue, rehaussée de minces liserés dorés, et d'une fente osée qui dévoilait une jambe, bordée du même liseré, dessinant ostensiblement un V inversé qui, avec la clavicule saillante de Sally et ses nombreux éclats de rire à gorge déployée, donna le ton pour la soirée et la nuit qui s'ouvraient. Bien que Sally fût plus plantureuse que moi, et surtout plus grande, elle m'avait prêté une robe noire qu'elle avait retouchée à ma taille. Elle m'allait comme un gant. Tout ce qui passait entre ses mains atteignait la perfection. Elle apportait un soin particulier à tous les objets matériels du monde, et quand j'arrivais à une fête, je savais immédiatement si elle était là ou pas, car ses chaussures étaient soigneusement stationnées sur l'étagère à chaussures ou dans un coin, à l'écart de l'anarchie des autres souliers. Ses mains et ses gestes avaient un bonheur intégré, une tendresse à l'égard des objets, lesquels semblaient prendre vie grâce à elle. Lorsqu'elle avait, devant moi, déploré la laideur de la machine à gazéifier l'eau qu'un client lui avait offerte, elle avait baissé la voix, pour que la machine ne l'entende pas, elle aurait pu se vexer, et quand elle l'avait rangée dans le placard en compagnie d'une cafetière en plastique et d'un micro-ondes, elle l'avait fait avec délicatesse et la même ferveur méthodique que lorsqu'elle réparait des meubles ou s'occupait de la tombe de son père, un éternel respect à l'égard de tous les détails de l'existence physique. Le dîner se déroulait chez elle, une dizaine de convives autour d'une grande table dans le salon et d'une desserte avec du vin et des bulles. Les gens fumaient sous la hotte et sur le balcon de la cage d'escalier, le plat principal (du saumon en croûte) se fit attendre, et le dessert (du sorbet) fut vite avalé : nous devions continuer la soirée ailleurs. Sally était assise sur un tabouret dans la cuisine, un cigarillo entre les lèvres, un pied posé sur la table. La fente dévoilait toute sa jambe. C'était bientôt le moment pour elle d'aller se changer. Elle soufflait la fumée vers la fenêtre ouverte. « Au fond, je ne demande que trois choses à cette nouvelle décennie, dit-elle. Personnellement, bien sûr. » J'étais plus sobre qu'elle et m'efforçais de débarrasser la table avant de quitter l'appartement. Je remplis l'évier d'assiettes et de couverts, posai des verres à vin sur le plan de travail et jetai les bouteilles vides dans des sacs-poubelle. Nous avions préparé le dîner avec l'idée que les visages autour de la table resteraient à jamais gravés dans nos mémoires, que la solennité rendrait à elle seule la soirée et les conversations mémorables, mais en réalité, je conservai le souvenir de quelques-uns des convives seulement : Jack, le frère de Sally, qui vivait à New York, sa petite amie de l'époque, Beth, qui m'avait fait de l'œil pendant le repas puis avait essayé de m'embrasser sur la piste de danse du Södra Teatern, Markus, l'ami d'enfance de Sally, qui était déjà à l'époque un metteur en scène connu, et Paul, assis en face de lui, qui mettait un point d'honneur à feindre d'ignorer son identité. Nous avions tous le vingtième siècle derrière nous et un nouveau millénaire allait s'ouvrir, c'était une faille impressionnante et nous nous perdions en vétilles, en sentiments putrides, Paul qui disait « Comment tu t'appelles déjà ? Rasmus ? », Markus, piqué au vif, qui rectifiait, Anna, journaliste, qui ajoutait « Je connais ton travail, j'ai vu plusieurs de tes pièces » et racontait un superbe spectacle mis en scène par quelqu'un d'autre, et Markus d'apporter un nouveau correctif avant de sortir son téléphone pour passer des coups de fil à la recherche d'une autre soirée. « Trois souhaits, c'est une liste assez modeste, non ? » dit Sally en tirant ostensiblement sur son cigarillo, une bouffée pleine de mystère, le petit cigare serré entre l'index et le majeur bien tendus. Seules les personnes qui fument une ou deux fois par an le font ainsi, ils « fument », adoptent exagérément les manières du fumeur, avec une exubérante liberté. Sally jeta le cigarillo dans l'évier et se leva, la fente de la robe se referma sur sa cuisse et le vêtement épousa parfaitement son corps jusqu'aux pieds. « La paix, des baisers, un bébé. Est-ce trop demander ? »

Alejandro s'était envolé la veille au soir, direction l'Amérique latine, et « quelques endroits des États-Unis ». Il voulait me voir et je compris que c'était fini. Pour la première fois, j'éclatai en sanglots et pris un taxi pour le rejoindre à Örnsberg, non pas pour l'arrêter, mais juste pour le regarder, et nous restâmes immobiles dans l'entrée, il posa sa paume sur ma cage thoracique et l'autre sur sa poitrine. C'était terminé sans que nous eussions ressenti le besoin de nommer les choses, d'élucider les subtilités sémantiques des mots « ensemble » et « séparés », sans que je dusse lui demander quand il comptait revenir et haïr ma propre obstination, sans qu'il eût à repousser des réponses ou trahir des promesses. Notre relation allait s'achever avec la même évidence qu'elle avait commencé. Il regarda sa montre. « Il reste quatre heures avant le décollage. Tu as le temps d'aller chercher ton passeport. » Je me contentai de le dévisager. « Comment ça ? » Il posa les mains sur mes épaules, sans rien ajouter. Plus tard dans la soirée, nous nous séparâmes dans le grand hall de la gare Centrale, je me dirigeai à pas comptés, les mains dans les poches, vers les portes ouvrant sur Vasagatan et, chaque fois que je me retournai, je le voyais encore, immobile, à me suivre des yeux. Sans doute était-il si sûr de mon refus qu'il avait risqué cette proposition, manière de rendre la fin explicite et consensuelle, plus facile à porter pour nous deux. Notre relation fut aussi courte qu'une inspiration, il n'en reste pas moins qu'il ne m'a jamais quittée, comme si quelque chose en moi s'était lové autour de lui, adoptant une forme distincte, une nouvelle manière de conjuguer tous mes verbes à venir. Dès lors, toutes les personnes que j'ai aimées, ou « aimées », ont dû accepter de se mesurer à lui au cours des quelques inéluctables premières secondes, et j'ai dû me forcer à m'éclaircir bruyamment la gorge pour refouler ces pensées aussi irrationnelles qu'injustes, dans la mesure où la conclusion n'a jamais été à l'avantage de quelqu'un d'autre. Mon moi éveillé peut, avec des connaissances, parler d'Alejandro comme d'une « somptueuse bagatelle », mais dans un rêve récurrent, il frappe à ma porte et me demande quand je viens le rejoindre et, sans l'ombre d'une hésitation, j'attrape mon manteau et le suis. Sans même me retourner.

Sally enfila sa seconde robe – un fourreau noir à paillettes qui épousait ses formes depuis les aisselles jusqu'aux genoux, retenu aux épaules par deux fines bretelles – au moment où le taxi en bas dans la rue se lassa d'attendre et partit. La radio avait été allumée toute la journée ; toutes les heures, les journalistes couvraient un nouvel endroit de la planète où les douze coups de minuit sonnaient. La beauté de ce passage mouvant au troisième millénaire était éclatante, nous vivions sur un globe en rotation près d'un soleil qui se levait et disparaissait à l'horizon, et c'était bientôt notre tour. J'avais éclaboussé de l'huile d'olive sur ma robe en cuisinant et Sally m'avait prêté un pantalon de costume et une chemise noire. J'avais pris Sally sur mon vélo, slalomant entre les mottes de neige des rues Katarina Bangata et Östgötagatan, nous avions terminé la montée menant à la place Mosebacke à pied et nous nous étions placées dans la courte file d'attente du Södra Teatern. Nous avions acheté les billets en août. Jack et Beth se disputaient à côté du vestiaire, Anna était coincée dans la cohue devant le long comptoir paré de guirlandes clignotantes. Le ticket d'entrée comprenait une bouteille de vin mousseux. « C'est révoltant, quand on y pense », décréta Sally en portant la bouteille à la bouche. J'attendais que le serveur qui m'avait tendu les bulles me donnât un verre. En vain. Je regardai autour de moi.

Tout le monde se pressait dans la salle, avec une bouteille à la main qu'ils portaient régulièrement aux lèvres. Il était près de vingt-trois heures. Jack quitta la fête et revint vingt minutes plus tard. Pendant son absence, Beth me demanda si c'était vrai ce que l'on disait, que j'avais été en couple avec cette présentatrice télé, « cette présentatrice télé canon ». Je secouai la tête. Au bout d'un moment, je repris : « Elle fait de la radio, non ? Pas de la télé. » Beth éclata de rire. « C'est bien ce que je disais, tu la connais. » Le DJ tomba le T-shirt, monta le son, s'égosilla dans son petit micro. La foule commençait à s'amasser sur la terrasse, on cherchait la meilleure place. Certains avaient apporté un petit appareil photo de poche et se faisaient tirer le portrait devant Slussen, Gamla Stan et la scène scintillante qui avait été installée sur le quai au niveau du pont Skeppsbron. On entendait déjà des feux d'artifice et des pétards, de petits groupes se déplaçaient dans toutes les rues. Avec les températures négatives, la neige tombée pendant la journée avait tenu. Tout était blanc. Jack dansait avec Anna et Beth, Sally me rejoignit sur la terrasse. « Pendant quelques heures étranges, déclara-t-elle en regardant vers le bas, vous vous trouverez tous les deux sur la même planète, mais pas dans le même millénaire. » Elle but au goulot. « J'y ai pensé aussi », répondis-je. Sally hocha lentement la tête. « Ce qui veut dire que le temps n'est qu'une invention, poursuivit-elle. Toute cette connerie. » Elle esquissa un geste vers le ciel, bouteille à la main, et haussa la voix. « Rentrez tous chez vous, cria-t-elle, c'est une vaste fumisterie, du cinéma ! » Certains visages se tournèrent vers elle, mais personne n'y prêta attention au milieu du brouhaha et de la musique. « Tu devrais peut-être y aller mollo », lui dis-je comme elle approchait de nouveau la bouteille de ses lèvres. J'avais abandonné la mienne quelque part et je n'avais nullement l'intention de la retrouver. Les fêtards qui voulaient sortir sur la terrasse pour minuit poussaient depuis l'intérieur. C'était pour la vue grandiose qu'ils avaient payé, pour la terrasse en bois sous le ciel étoilé, les feux d'artifice de la ville tirés par des experts engagés pour l'occasion. Cette petite plateforme à l'extrême nord de Södermalm était également un emplacement idoine pour voir tout s'éteindre si le bug de l'an deux mille devait se produire, ou si un événement inattendu devait arriver, si l'univers décidait de hurler, ou de nous engloutir, ou si les zéros de 2000 devaient s'accompagner d'un quelconque message. J'aperçus Beth et les autres se frayer un chemin vers nous à travers la masse de corps. Markus se tenait de l'autre côté de la terrasse au milieu d'un groupe. Il était minuit moins le quart, les déflagrations des pétards augmentaient en fréquence, quelques fusées scintillantes s'élevèrent depuis Katarinavägen, derrière les immeubles. Il faisait froid, je grelottais. Quand Beth et Jack nous eurent rejointes, Beth leva sa bouteille pour trinquer, Sally leva la sienne et but de nouveau. « Ce putain de millénaire va enfin commencer ! » Nous étions collés les uns aux autres, pressés par la foule. « Oui, maintenant on va pouvoir oublier et passer à autre chose », répondis-je. Sally éclata de rire comme si j'avais lancé une plaisanterie. « Je te fais confiance pour passer à autre chose, rétorqua-t-elle, mais oublier, ça n'a jamais été ton truc. »

Je ne vis jamais la troisième robe de Sally, car je quittai la soirée après minuit, rentrai chez elle et m'endormis sur le matelas, des boules Quies enfoncées dans les oreilles, mais sa robe était rouge, en viscose élastique, et craqua alors que le vingt et unième siècle n'avait que quelques heures, tandis qu'elle chevauchait un biologiste marin dans une salle de bains. Elle était en after quelque part sur la ligne rouge du métro, vers le nord, les souvenirs de Sally étaient flous, mais un numéro de téléphone était écrit de son propre rouge à lèvres sur son avant-bras. La matinée suivante, les douze coups de minuit de la Terre entière étaient enfin passés et la planète avait la gueule de bois, était satisfaite, et prête, pour ainsi dire. Sally et moi buvions du café et mangions du lait fermenté. « J'ai l'impression que… », commençai-je en indiquant son bras, mais elle leva la main, paume vers moi, et je me tus. « Je sais. Moi aussi, j'ai l'impression qu'il va se passer un sacré paquet de trucs, dit-elle. Mais chaque chose en son temps. Aujourd'hui. Ce petit déjeuner. Ensuite, on verra. »

Cinq mois après le passage au troisième millénaire, j'ai eu une raison de chercher Alejandro. C'était le printemps le plus chaud depuis des décennies, disait-on, et je venais de déménager : pour la première fois, j'allais vivre seule, dans un petit deux pièces à Gubbängen, avec un balcon à l'est qui donnait sur une cour intérieure, où je pouvais lire le journal au soleil le matin. Le merisier à grappes avait fleuri dès la fin du mois d'avril, une poche des eaux qui chaque année se déchire, et un parfum intense enveloppait les espaces verts de la ville tels une douleur lancinante, une plénitude muette, organique, nouvelle et pourtant familière, un espace ralenti et recentré. Sally était partie en Inde en février avec son nouvel amour et m'écrivait des e-mails longs et sinueux dès qu'elle trouvait un cybercafé. Je ne travaillais que trois ou quatre jours par semaine et, le reste du temps, je me promenais en ville, m'asseyais sur un banc à Vasaparken, pensais au rat que Niki et moi avions trouvé là un matin d'été, appesanti par les vers et la mort, comme abandonné à la lumière perçante du matin. Un samedi au début du mois de mai, je frappai à la porte de l'appartement d'Örnsberg, mais la femme qui ouvrit n'avait jamais entendu parler d'un Alejandro. Elle avait vécu un an à l'étranger et avait loué l'appartement à quelqu'un qui visiblement l'avait prêté à son tour, et quand elle était rentrée, il était propre et rangé, ne restaient qu'une chemise et quelques élastiques à cheveux dans la salle de bains. « Alors vous habitiez ici avec lui ? Avec cet Alejandro ? » Je distinguais derrière elle le papier peint familier de l'entrée, bleu clair rehaussé de fleurs de lys d'un bleu plus profond, le parquet couvert du tapis en lirette, le chambranle de la porte donnant sur le salon, peint en blanc. « Non, mais je suis venue. On est venus. Je me suis dit qu'il avait peut-être laissé une nouvelle adresse. Ou un numéro de téléphone. » Elle secoua la tête. Un enfant l'appela du fond de l'appartement, je pris congé et me préparai à partir. « Attendez deux minutes », fit-elle avant de disparaître. Elle revint avec un petit sac plastique contenant une chemise blanche sale et trois élastiques rouges, chacun pourvu d'un bon nombre de cheveux noirs. « J'allais les jeter », dit-elle. Plus tard dans la journée, je cherchai le local de répétition du groupe et tombai sur Jens qui jouait de la basse. Ses doigts glissaient le long du manche de l'instrument dans une ligne de basse monotone. Un matelas surmonté d'un sac de couchage était disposé dans un coin, une casserole de spaghettis séchés avait été abandonnée à côté de l'évier. Il suivit mon regard. « Voilà. Bienvenue chez moi. Un café ? » Je hochai la tête. Jens laissa son instrument, alluma la bouilloire et sortit une boîte de café lyophilisé. Alejandro avait disparu à l'étranger. Ils ne l'avaient pas vu depuis plusieurs mois, raconta-t-il, malgré les concerts programmés au printemps. « On a joué quand même, bien sûr, mais ce n'était pas pareil. » Il posa deux tasses sur la table, me regarda, leva les paumes vers le ciel. « Pour tout te dire, c'était la catastrophe. Les gens quittaient la salle pendant l'entracte. Les organisateurs ont annulé les dernières dates. » Jens n'avait aucune idée d'où pouvait se trouver Alejandro, il ne lui avait laissé ni adresse, ni numéro de téléphone, « même pas son vrai nom », et ne s'attendait pas à ce qu'il revienne un jour. « Il y a des gens comme ça, dit-il, ils passent en coup de vent dans notre vie. » Il me tournait le dos, debout devant le petit plan de travail. « Son vrai nom ? m'étonnai-je. Qu'est-ce que tu veux dire par là ? » Jens se retourna vers moi. « Eh bien, j'avais l'impression que c'était un pseudonyme. Qu'il ne s'appelait pas vraiment Alejandro. » La bouilloire s'éteignit, il la posa sur la table, je déboutonnai mon manteau et me laissai tomber sur une chaise. « Ah, je vois, dit-il en apercevant mon ventre, je comprends mieux pourquoi tu le cherches. » Le café était infect, mais je me forçai à en avaler quelques gorgées pendant que nous discutions. Jens partait en tournée avec un autre groupe la semaine suivante. Il enregistra mon numéro dans son portable au cas où Alejandro, contre toute attente, donnerait de ses nouvelles. « Bon courage, alors », fit-il, au moment où je partais. Il exécuta un geste circulaire. « Bon courage pour tout. »

Il y a à peu près un an, Jens téléphona et je dus remettre la main sur le CD de Zomby Woof. L'espace de quelques instants, je restai plantée dans le salon, désemparée, le CD irisé à la main sans appareil pour le lire. Sur le boîtier, la photo en noir et blanc d'Alejandro était floue et granuleuse, et certaines des lettres disparaissaient dans le noir de ses cheveux. Aucun effort n'avait été consacré à la conception de la jaquette, ni à la production d'ailleurs, que je me rappelle très amateur, avec des solos aussi interminables qu'inaccessibles. Pas l'ombre d'un « tube » sur ce disque, et je crois que personne ne s'est donné la peine de l'envoyer à une station de radio. Zomby Woof était un groupe de musique live, pas le genre de musique facile à chantonner diffusée par les radios populaires. Le CD était un produit dérivé, un petit bonus que l'on pouvait acheter pendant une courte période à prix coûtant au bar ou à la caisse des salles où se produisait le groupe. Mais les temps avaient changé, m'informa Jens. Il avait un « truc super important » à me dire. Pour moi, on aurait pu régler ça par téléphone, mais il voulait passer et au plus vite, dit-il, parce que « le monde entier a enfin compris Zomby Woof ». Je me souvenais de lui à la contrebasse à côté de la batterie, une sorte de chef d'orchestre, lunettes rondes et élan musical, une tête de moins que son instrument. Lorsqu'il arriva chez moi un peu plus tard cet après-midi-là, il me raconta qu'une radio berlinoise s'était mise à diffuser leurs morceaux, « vingt-quatre heures sur vingt-quatre, non-stop », que d'autres stations allemandes lui avaient emboîté le pas. Il ne pouvait que formuler des hypothèses sur la manière dont ce CD oublié avait pu se retrouver à Berlin, mais la demande était « immense » et il envisageait une tournée. Attablé dans ma cuisine,

Jens tripotait la tasse de thé posée devant lui. Cheveux grisonnants, coiffure courte moderne, lunettes carrées, il ne rappelait que vaguement le bassiste exalté aux longs doigts. Mes deux ados allaient et venaient dans la cuisine sans qu'il fît attention à eux. Sur la table entre nous trônait la raison même de la résurrection, le CD que je ne pouvais pas écouter. Il n'était pas question d'en fabriquer d'autres. « On doit aller sur Spotify », affirma-t-il. Je scrutai son visage avec attention, il ne plaisantait pas. « Puis on enchaîne avec des concerts dans les clubs à Berlin et ailleurs, peut-être dans quelques grandes salles. » Ils gagnaient aussi en popularité aux Pays-Bas et en Belgique, expliqua-t-il, « et peut-être au Japon ». Jens était professeur de musique remplaçant. Ni lui ni aucun autre membre du groupe ne passerait à côté d'une telle opportunité. « Tu sais, les jeunes d'aujourd'hui sont des geeks, ils nous comprennent. » Il me demanda si j'avais vu certaines des vidéos qu'on pouvait trouver sur Internet. « De concerts. Des vieux films que des gens ont mis en ligne quand on a recommencé à cartonner. » Certains mots de sa phrase auraient mérité des guillemets aériens, notamment « recommencer » et « cartonner », mais je me contentai de répondre que j'allais chercher les vidéos dès que l'occasion se présenterait. « Tu ne saurais pas où il est ? » s'enquit Jens. J'eus un pincement à l'estomac, au niveau du plexus solaire. Je secouai la tête. « Aucune idée. » Jens explora la cuisine du regard, examina les murs et les étagères comme s'ils pouvaient lui fournir quelques indices. « Tu sais s'il est en vie, au moins ? » Je haussai les épaules. « Pas à proprement parler. Mais j'imagine que je le sentirais quelque part dans mon corps. Je veux dire, s'il était mort. » Je posai la main sur ma poitrine comme pour illustrer mon propos. Je vis dans le regard de Jens que ce n'était pas Alejandro qui l'intéressait, enfin pas mon Alejandro de l'époque, mais le détenteur des droits de la musique qui – il l'espérait – allait enfin rapporter un peu de pognon. Tous les membres du groupe étaient considérés comme coauteurs. « Je me dis que ça complique les choses, s'il a disparu, dit Jens. D'un point de vue technique, économique. » Il enfila sa veste et nous restâmes un moment penchés sur son écran de téléphone portable tandis qu'il cherchait un enregistrement de concert sur YouTube, mais il ne parvint pas à lancer le clip. Je lui promis de le contacter dans l'hypothèse où Alejandro referait surface. « Suis-moi sur Insta, suggéra Jens avant de se retourner pour partir. Il y a tout là-dessus. » Au même moment, on entendit le cliquetis d'une clé dans la serrure de la porte d'entrée. Mon aînée entra. Jens et elle se dévisagèrent sans mot dire, puis il se tourna vers moi, sourcils levés. Je hochai la tête. Les boucles noires, les yeux, la bouche, tout son visage doux. On ne pouvait pas passer à côté. Le soir même, je cherchai le compte Instagram de Jens, qui mettait surtout en avant le come-back prévu de Zomby

Woof, ou « super come-back », comme il l'écrivait dans les commentaires de ses posts. Je cliquai sur un lien, mais mon téléphone était trop vieux et protestait contre le format. « Et peut-être au Japon », je pensai à Alejandro, comme il aurait gloussé en entendant cette formule.

4

Birgitte

Nous vivons tant de vies à l'intérieur de la nôtre, des vies plus petites avec des personnes qui vont et qui viennent, des amis qui disparaissent, des enfants qui grandissent, et je ne suis pas sûre de savoir laquelle de mes vies est le cadre dans lequel s'inscrivent toutes les autres. Quand je suis fiévreuse ou amoureuse, tout semble évident, mon « moi » se retire et laisse la place à un bonheur sans nom, un tout dans lequel les détails sont préservés, inséparables et pourtant distincts, comme placés les uns à côté des autres. Après coup, je me rappelle cet état comme un état de grâce. C'est peut-être ainsi que le tout peut être raconté, avec des individus qui, de façon désordonnée, entrent et sortent à travers mon visage. Ni « début », ni « fin ». Aucune chronologie particulière, juste des instants et ce qui y advient. Maintenant que j'ai enfin commencé à écrire, une personne me semble incontournable. Birgitte. Je nourrissais autrefois l'illusion que je ne pourrais me sentir pleinement vivante que dans la forêt, en flânant entre les hauts pins, assise en solitaire sur une souche, le soleil dans les yeux, ou sur une falaise au bord de la mer avec une vue magnifique, et que je devais sortir dans le silence des éléments pour être totalement éveillée. Il s'avéra ensuite que tout était déjà là, dans les détails qui m'entourent, qu'il s'agissait d'une méticulosité dans le regard sur toute chose, qui me permettait de lâcher prise et de concentrer mon attention sur l'extérieur, *vraiment*. C'est là que je me sens pleinement vivante, dans mon regard éveillé sur autrui. C'est en posant sur Birgitte ce regard rigoureux que j'ai réussi à la comprendre.

Une agression sexuelle au début de l'adolescence l'avait mentalement défigurée. Elle avait développé une personnalité introvertie, caractérisée par une angoisse lancinante. En une heure, elle était morte et ressuscitée, elle était devenue autre, un roque s'était produit en elle par le biais duquel l'inexplicable avait été placé tout au fond, protégé du monde extérieur, inaccessible pendant le reste de sa vie, un petit paquet intact, encapsulé. Je crois que Birgitte n'y est jamais retournée en pensée, le jour. Ce n'est qu'au bout de trente ans qu'elle avait raconté cet événement, à une seule personne, et je devine qu'à cet instant, elle avait découvert que l'événement n'était plus un « événement » inscrit dans sa mémoire, mais plutôt une couleur, une fractale, pas même un souvenir à proprement parler, mais un lieu d'où provenaient les souvenirs, une ombre qui chaque jour respirait en toile de fond de sa vie. C'est ainsi, j'imagine, que certaines expériences marquent un individu : elles sont enfermées dans une capsule protectrice sans être vidées de leur poison, un poison suintant, un commando qui progresse au pas. Et comme la plupart le savent, l'inventeur de l'expression « ce qui ne te tue pas te rend plus fort » n'a jamais rencontré une victime de viol.

Quant à Birgitte, elle possédait, même avant, une fragilité. Le « modèle de vulnérabilité » utilisé aujourd'hui en psychiatrie pour expliquer pourquoi les événements traumatiques frappent différemment les individus m'aurait aidée à mieux la comprendre. Peut-être l'aurait-il aussi aidée à mieux se comprendre. Elle était une enfant prudente. Elle n'avait que sept ans lorsque son père mourut, subitement, le lendemain d'une opération de l'appendicite. L'ambulance l'avait emmené, laissant sur le sol du salon une mare de sang et de vomissures. Après les obsèques, parler du père fut proscrit, et la famille (c'était une fratrie de trois enfants) changea de régime. S'instaura, je suppose, une sorte de torpeur grisâtre, un état de zèle mutique où la mère, naguère au foyer, cumulait désormais deux emplois (intendante à l'hôtel de la ville et aide-soignante à la maison de retraite) pour joindre les deux bouts. Les enfants excellaient dans les tâches qui leur étaient dévolues et durent, adolescents, travailler les week-ends et les vacances scolaires pour subvenir aux besoins du foyer. Travail et sommeil occupaient le plus clair de leur temps. Des mots comme « psychologie », « traumatisme » et « travail de deuil » étaient inaccessibles à la plupart des gens, et quand Birgitte se glissait dans le lit de sa sœur aînée au petit matin et feignait de marmonner « papa, papa » dans son sommeil, sa sœur posait une main sur sa bouche jusqu'à ce qu'elle se taise et ouvre les yeux. La famille visitait le tombeau aux dates indiquées par le calendrier et la mère enroulait un fin mouchoir brodé autour de son index avec lequel elle interceptait les larmes dès leur naissance au coin des yeux. À ces occasions, toute parole semblait superflue. Bien plus tard, lorsque Birgitte et moi arpentions le cimetière à quelques dizaines de kilomètres au sud de Stavanger à la recherche du sépulcre de ses parents (j'avais dû lui forcer la main pour qu'elle consente à me montrer le chemin), elle me parla à contrecœur de son père, ses grandes mains, ses bonnes intentions, la méticulosité avec laquelle il ordonnait l'atelier qu'il dirigeait. Nous déneigeâmes la tombe, déposâmes nos fleurs devant la pierre portant leurs noms et dates. Puis elle me regarda et secoua la tête. Ici aussi, toute parole était superflue. Ainsi Birgitte était-elle déjà une jeune adolescente muselée lorsqu'elle garda le bébé d'une connaissance de sa mère et que l'homme de la maison rentra plus tôt que prévu, au moment où l'enfant venait de s'endormir dans son lit à barreaux. Sa rémunération pour quatre heures de travail, vingt couronnes, avait déjà été glissée dans la poche de sa jupe. Birgitte était sensible, vulnérable, préparée à d'autres catastrophes, déjà inquiète que d'autres catastrophes adviennent, déjà consciente des conséquences pour elle d'autres catastrophes. Je me dis qu'elle avait tout vu venir au moment où elle croisa le regard de l'homme posté sur le seuil. Bien des années plus tard, lorsque je travaillais dans une unité psychiatrique fermée à Stockholm, je rencontrai des patients qui me rappelaient Birgitte. Ils avaient subi des choses qui me suivaient bien après la fin de ma journée de travail, et leur inquiétude était pareille à la sienne, non pas une inquiétude intermittente, mais une tension inscrite dans tout le reste. Ce n'était pas le rire, mais le rire inquiet, la joie inquiète, la promenade inquiète, la façon de s'exprimer inquiète. L'inquiétude de Birgitte m'était familière, elle se manifestait et perdurait, pour ainsi dire, dans toutes les pièces où elle entrait. Comme toute chose, elle se transforma avec le temps, et pourtant pas. Birgitte fut la première à quitter le nid, alors même qu'elle était la benjamine, et à se retrouver indépendante. Ou presque. Car elle comprit vite que l'indépendance était le privilège des personnes plus chanceuses, et qu'elle ne pouvait être « indépendante » que lorsqu'elle s'appuyait sur quelqu'un ou quelque chose. Un homme. Un compagnon de route. Un système bien précis. Pendant les années soixante et soixante-dix, elle s'engagea en politique, embrassa de nouveaux mouvements, se forma, manifesta, testa des drogues, traversa l'Europe en auto-stop, joua de la guitare et chanta dans un groupe de folk, porta des vêtements mauves fluides et ses épais cheveux bruns lui descendaient jusqu'à la taille. Je peine à considérer son engagement politique comme authentique, peut-être parce que je n'ai jamais entendu son argumentation aller plus loin que « C'était une guerre stupide » (au sujet de la guerre du Viêtnam), « Pourquoi serait-ce à eux de tout décider ? » (au sujet de l'impérialisme américain) et « Les gaz d'échappement, ça empeste » (la question environnementale). Elle suivait le sens du vent – non par confort ni complaisance, mais parce qu'elle était incapable de faire autrement. Un acharnement inéluctable à se conformer fut ce que lui laissa l'homme chez qui elle avait fait du baby-sitting et qui l'avait ensuite raccompagnée sur le porche, tout en resserrant sa ceinture. Une minute plus tard, il avait rouvert la porte et lui avait balancé son manteau. Entrer dans le moule, se fondre dans la masse, y disparaître, c'était la seule manière pour elle de ne pas perdre la raison. Pour nombre des patients que j'ai rencontrés dans l'unité fermée de Stockholm plusieurs décennies plus tard, la folie, *l'aliénation*, semblait être la seule option. Birgitte parvint à s'adapter, au point que son trait de personnalité le plus saillant était l'absence de personnalité. Les communautés lui convenaient parfaitement et elle se sentait bien au début des années soixante-dix. « Comme un poisson dans l'eau », disait-elle d'elle-même. « Comme un poisson dans un banc de poissons », pensais-je. Elle était moins adaptée aux exigences de performance et de concurrence des années quatre-vingt. Elle n'était pas un « individu » tel que le requerrait l'Occident des années quatre-vingt et suivantes. Son inhibition devint manifeste et je crois qu'on la considérait comme lisse et inintéressante. Inintéressante, elle l'était certainement. Il était sans doute difficile pour son entourage de se rappeler si elle avait été présente à telle soirée ou à telle réunion. « Birgitte est-elle venue à la fête vendredi soir ? » Impossible de s'en souvenir, si jamais quelqu'un posait la question. « Birgitte s'est-elle exprimée lors de la réunion d'hier ? » Difficile à dire, difficile de se rappeler. « Était-elle là, d'ailleurs ? » Personne ne pouvait se le remémorer. Quand les communautés se dissolurent et que les gens furent engloutis par leur vie privée, Birgitte resta là, incapable de prendre une quelconque initiative ou de défendre une opinion. Ses efforts pour entrer dans le moule, éviter toute friction, avaient anéanti la partie d'elle-même où aurait pu se trouver une personnalité, assortie d'une volonté, d'aspérités, d'une trempe particulière. Désormais ne restait que l'inquiétude, une vibration superficielle, mordante, taraudante, la seule spécificité de Birgitte réellement visible de l'extérieur.

La plupart des personnes qui redoutent de sombrer dans la folie y échappent, mais pas Birgitte. À l'âge de vingt-trois ans, elle avait souffert d'une psychose. C'était à la fin des années soixante, au début du mois de novembre, le dimanche où elle me mit au monde. Quelques heures après le début du travail, à l'hôpital Allmänna sjukhuset de Malmö, on cessa d'entendre mon cœur et Birgitte vit dans les yeux de la sage-femme une authentique inquiétude, une inquiétude qu'elle ne pouvait interpréter que comme l'avènement d'une nouvelle catastrophe. C'était trop long, je semblais coincée là-dedans. Mon père s'adonnait aux mots croisés, installé sur un tabouret dans le couloir devant la salle d'accouchement. Je l'imagine fort bien, en sabots, jean et veste en velours côtelé au revers habillé d'un badge FNL, avec des favoris et les cheveux jusqu'aux épaules, et quand le personnel passa en courant devant lui, il leva la tête, tentant de comprendre ce qui se passait. Ce n'est que trois ans plus tard, lorsque ma sœur vint au monde à l'hôpital Södersjukhuset à Stockholm, que sa place dans la salle d'accouchement sembla évidente. On me sortit à la ventouse et quand on me posa enfin sur le ventre de Birgitte, écarlate, vagissante, déjà curieuse d'elle, déjà enragée contre elle, elle était très loin, comme disparue en elle-même. À la maternité, elle était taciturne et insomniaque, couvant la folie qui se déclarerait à notre retour dans l'appartement de la rue Slottsgatan, où son inquiétude avait grandi pour devenir maniaque, fébrile. Lorsqu'elle se promenait avec le landau, elle invectivait les passants qui soi-disant la fixaient, ou tirait les rideaux de la chambre à coucher, restait étendue dans le noir à pleurer pendant des heures pour ensuite se lever comme si rien ne s'était passé. Mon père et moi passâmes maîtres dans l'art de manier le biberon, de nous balader pendant de longues heures, et nous parvînmes à force d'ingéniosité à amener Birgitte chez un médecin qu'il connaissait et qui lui prescrivit des somnifères. « Manger et dormir, décréta le praticien dont le fils avait fait son service militaire avec mon père, manger et dormir, c'est le seul remède. Le sentiment de sécurité, les promenades et un entourage compréhensif. » Au fond, expliquait-il, ce qu'il fallait éviter à tout prix, c'étaient les soins proposés à l'époque, les « hôpitaux psychiatriques » qui accueillaient des patients dans l'état de Birgitte, parce qu'une fois entré, il était difficile d'en sortir. À la fin de l'un de ces rendez-vous, le médecin avait fait signe à mon père d'approcher. Je dormais dans le landau placé près de la porte, Birgitte se penchait sur moi, arrangeait quelque chose. « L'enfant ne doit pas rester seule avec elle, bien sûr », précisa le médecin. J'imagine très bien la manière dont les deux hommes la contemplaient, ses cheveux hirsutes, son châle rouge vif assorti à sa jupe, ses bottes d'hiver à talons, ses cuticules sales, son visage agité de tics nerveux sous le maquillage. Ces petits signes de folie, indéniables, comme si Birgitte avait atterri dans un pays étranger et avait dû enfiler le costume national, et quand je tombe sur une image de l'époque (mon père est photographe et ne quittait jamais son appareil), je peux souvent la dater d'après son regard, ses ongles, la manière dont ses vêtements soigneusement sélectionnés tombaient sur son corps. « Ah, cette période-là ! » Le premier hiver, avant que nous déménagions et que tout s'arrange, mon père passait des heures à me caresser l'arête du nez pour m'apaiser. Mon lit à barreaux était placé devant la salle de bains, transformée en chambre noire la nuit, où il développait et copiait les clichés. Il était l'assistant d'un célèbre photographe qui nous avait également déniché un appartement. Birgitte dormait la nuit et toute la matinée, puis nous sortions, en fonction de son état, nous faisions une promenade ou nous nous attablions dans un café. Lorsqu'elle alla mieux, nous commençâmes à rendre visite à des connaissances, et petit à petit, elle accepta de laisser d'autres personnes me porter, et même quitter la pièce. Avec le bras de mon père autour de ses épaules, elle apprit à gérer son inquiétude. Enfin, « gérer »... « Supporter » serait un verbe plus approprié, ou « survivre », car son corps restait tendu et son regard scrutait constamment l'environnement à la recherche d'une catastrophe potentielle, des verres posés trop près du bord, un couteau aiguisé sur la table, une cigarette allumée dans un cendrier, une brèche dans la haie entourant un jardin. Toute sa vie, le monde resterait un lieu dangereux pour elle, pour tous, un lieu insupportable, tout à fait inadapté aux humains. Il y avait trop d'incertitudes, l'avenir, tout ce qui pouvait aller de travers, tout ce qui pouvait tomber et se briser, ou prendre feu, les accidents qui n'attendaient que de se produire, les cambriolages, les collisions, les inondations, les maladies et l'apocalypse. La mission de l'inquiétude est, sur ordre de la peur, de la précéder, de tout examiner, de couvrir quelque chose par la pensée pour l'empêcher d'advenir, encore et encore dans un processus continu, qui fusionne avec la vie. Parfois, quand j'observais Birgitte avec mes yeux d'enfant, quand nous avions gagné une île de l'archipel dans un bateau à moteur qu'on nous avait prêté et qu'elle prenait le soleil, allongée sur un rocher, je remarquais qu'elle ne fermait jamais les paupières plus de quelques secondes. Elle levait ensuite les yeux pour un contrôle rapide de l'environnement, comme répondant à un appel intérieur. Jamais elle ne pouvait rester calme, il y avait toujours un aspect du monde qui devait être vérifié pour ne pas devenir ingérable. C'est sans doute là le cœur du problème, j'imagine, pour tous les inquiets : l'existence par sa nature même est impossible à gérer.

Elle ne descendit dans l'abîme et n'en revint qu'une seule fois. Cet hiver-là. Le monde continua ensuite à être le terrain de jeu de son âme, mais les cris, la folie disparurent en même temps que son regard errant, ses doigts sales qui trituraient constamment quelque chose et ses dispositions paranoïaques à fleur de peau. Nous déménageâmes à Stockholm (où mon père avait été embauché dans un journal) et une nouvelle période, beaucoup moins ardente, commença, avec nourrice, carrière (Birgitte était professeure de suédois), manifestations, fêtes, pique-niques au Hagaparken où l'on jouait au *brännboll*[1]. En regardant les photographies, je suis capable de les dater immédiatement, moi dans une poussette-canne brandissant une pancarte « Paix ! » et Birgitte qui me pousse, sans maquillage, pantalon large et sac à dos, en sécurité dans un groupe de personnes qui partagent ses idées, souriant à la caméra. « Ah, cette période-là ! » Nous vécûmes à Solna, rue Kocksgatan, chez ma grand-mère paternelle à Jakobsberg, dans une maison à Salem, rue Hälsingegatan en face du Kronobergsparken, et à Farsta, où ma sœur et moi avions enfin obtenu une place dans un jardin d'enfants. On nous traînait dans des soirées où régnaient des discussions bruyantes, mon père avait en aversion les communismes soviétique et chinois, et mettait un point d'honneur à le clamer à toutes les personnes qu'il rencontrait, même aux communistes, peut-être surtout aux communistes, et il se retrouvait constamment au cœur de débats houleux au petit matin. Il

1. Sport très populaire en Suède, semblable au baseball.

était intarissable, incapable de se taire, en particulier au sujet du communisme. Il affirmait qu'une idéologie qui ne pouvait pas s'appliquer dans la pratique sans que des gens soient assassinés ne méritait que du mépris et il était épouvanté que tant de gens considèrent cette idéologie comme la meilleure *malgré* le nombre incalculable de personnes emprisonnées, muselées, assassinées et mortes de faim dans son sillage. Il était très clair sur ce point, et à mesure que l'heure avançait, il défendait sa position avec un empressement redoublé, il aimait surtout contrer l'argument populaire selon lequel le communisme était une bonne idée *en théorie* et possédait donc une valeur intrinsèque (« ce pont est très joli, dommage qu'il s'écroule dès qu'une voiture le franchit »). Quand je pense à mes parents à cette époque, c'est cette image qui me vient à l'esprit, mon père enfoncé dans un canapé, sa pipe en maïs crasseuse aux coins des lèvres, en train de débattre avec plus de personnes que la plupart des gens ne supporteraient, seul, confiant, si intensément vivant et engagé, et Birgitte à l'arrière-plan, je suis obligée de la chercher un moment tant elle semble se confondre avec le paysage, Birgitte qui n'élèverait jamais la voix pour affirmer une opinion personnelle, ne contredirait jamais personne, n'oserait jamais être une rebelle parmi les rebelles comme mon père. Lorsqu'elle s'exprimait, elle souscrivait pleinement au discours du préopinant, tout en étant disposée à changer d'avis si un autre orateur se montrait plus convaincant, désireuse de s'exprimer si vaguement, de manière si hésitante que ses propos pouvaient vouloir dire tout et son contraire. Elle évitait de faire des remous, elle fuyait les conflits, c'est pourquoi elle réprouvait le fait que mon père provoque constamment l'agacement de son entourage. Quand la fête commençait, que les gens fumaient et mangeaient, debout dans la cuisine, que ma sœur, les autres enfants et moi jouions dans une chambre, quand une ou plusieurs bouteilles de vin trônaient sur les tables, les opinions de mon père piquaient la curiosité. Il était reconnu comme intelligent et sociable, il avait beaucoup d'histoires à raconter et prenait de belles photos. Plus tard dans la soirée, lorsqu'un épais nuage de fumée flottait dans les pièces et que nous, les enfants, étions allongés par terre ou dans un des lits à lire des bandes dessinées, quand les gens commençaient à boire du Campari et du gin, que l'on fourrait les bouteilles vides sous l'évier, le ton montait d'un cran. « Ce photographe à favoris, c'était un bourgeois, non ? » Et bientôt, après quelques heures encore, lorsque ma sœur et moi nous étions endormies dans un lit, bien au chaud l'une contre l'autre et certaines que Birgitte avait gardé un œil discret sur nous toute la soirée, lorsque certains avaient commencé à danser, les mains en l'air, à côté de la bibliothèque où était posé le gramophone, mon père était installé sur la banquette de la cuisine à défendre son point de vue sous un déluge de contre-arguments. Quand je parle avec lui aujourd'hui, il affirme que les inepties pensées et dites à l'époque ne connaissaient pas de limites. Il a quatre-vingt-trois ans, est toujours de gauche (« enfin, ça ne veut plus rien dire de nos jours »), nuancé et précis, et affirme que le grand changement, l'avancée majeure de cette période, n'a rien à voir avec les questions politiques ou les positions partisanes, ni même avec la lutte, mais avec l'attitude, la manière dont les gens ont commencé à se parler, et que lui, le fils d'une femme de ménage qui élevait son enfant seul, pouvait discuter avec des fils d'architectes et des filles de professeurs, et qu'ils pouvaient s'insulter, qu'il n'avait pas besoin de demander pardon, qu'ils partageaient la pièce et le moment sur un pied d'égalité. Mon père me rappelle souvent que sa mère endossait ses habits du dimanche pour consulter le médecin, qu'elle empruntait l'escalier si un voisin jouissant d'un statut social supérieur attendait l'ascenseur, et que cela paraîtrait incongru si lui ou moi avions agi de cette façon. « Voilà l'héritage de cette époque, soutient-il, la véritable révolution. » La plupart de ses vieux amis sont morts ou ont sombré dans la démence, mais il continue à se parler à lui-même ou à discuter avec son épouse, qui n'a que soixante ans, il est abonné aux *Times* et *The Economist*, écoute des documentaires, lit des livres. Il vit dans une maison dotée d'un petit jardin à Rönninge et dit que chaque jour est bon. Nous ne parlons plus jamais de

Birgitte, mais c'est à lui qu'elle avait fini par s'ouvrir, et quelques semaines après ses obsèques, il m'avait raconté son histoire, ses catastrophes, tout ce qu'elle lui avait confié. Ils étaient divorcés depuis quinze ans, mais il pleurait néanmoins, sur sa vie à elle, qui avait été vécue, mais aussi gâchée.

Dans les articles sur l'inquiétude, on lit le plus souvent qu'elle a été positive et qu'elle s'est inscrite dans notre nature à travers l'évolution. L'inquiétude nous poussait à vérifier que le feu était bien éteint, que les enfants respiraient, elle nous protégeait, nous enseignait à nous protéger nous-mêmes et les autres. La sélection était vite vue : les hommes préhistoriques qui scrutaient anxieusement l'orée des bois pour s'assurer de l'absence de bêtes sauvages survivaient, tandis que ceux qui pénétraient avec insouciance entre les arbres se faisaient dévorer. Nous qui vivons actuellement sommes les descendants de nos aïeux anxieux. Quand je me rends sur la tombe de Birgitte dans le cimetière Skogskyrkogården, je me demande quelle forme aurait pris sa vie sans l'inquiétude, mais c'est aussi difficile à s'imaginer qu'un jour sans météo. L'inquiétude et elle ne faisaient qu'un, ce mécanisme de survie qui devint son bouclier et son infirmité tout au long de sa vie, une petite fonction qui avait pris le dessus. D'une manière obscure, je la sens plus clairement là, près de sa tombe solitaire, la sempiternelle sollicitude, les soupirs rapides, cette mélodie silencieuse qu'elle fredonnait constamment et qui suivait la température de son âme. Quand j'amenais des amis à la maison, je faisais comme si elle n'existait pas. C'était le plus simple. La plupart de mes camarades de classe faisaient de même, étant donné qu'ils avaient, pour la majorité d'entre eux, des parents étranges, d'une manière ou d'une autre, des mères ivres, étendues sur le canapé en plein après-midi, qui hurlaient sur quiconque passait la porte de chez eux, ou qui craquaient, sombrant sous le poids de leur travail et de leurs rejetons insupportables, qui pleuraient pendant les réunions avec les professeurs, ou qui avaient l'air vieilles et sentaient mauvais, tout simplement, ou des pères qui mettaient des raclées, qui avaient plusieurs familles en secret, ou qui tombaient malades et mouraient au cours du trimestre d'automne. C'était considéré comme normal, au vu des valeurs limites de l'époque, ou « normal » comme le prononçait mon père, en contrefaisant légèrement sa voix tant il détestait ce mot. C'était sans doute ce premier hiver, à Malmö, quand Birgitte avait été bien loin d'être « normale », qui l'avait obligé à élargir sa perspective. Il était très ouvert pour son époque, mon père, il haussait les épaules, se penchait vers moi et tendait l'oreille. Il jugeait rarement, ne condamnait jamais. Ma crise d'adolescence, à l'instar de celle de ma sœur, fut dirigée uniquement contre lui, étant donné qu'il était là, pipe à la bouche, prêt à tout discuter, prêt à se montrer tolérant (bisexualité, alcool), mais aussi à se battre (cannabis, école buissonnière). Birgitte était ailleurs, en elle-même, et aucun membre de la famille n'osait déverser sa rage face à ces yeux effarouchés. Elle restait dans son bureau à travailler, laissant mon père gérer les conflits, ou bien elle lisait dans son lit. Je me rappelle le livre *Aime-toi toi-même*, un poche beige posé sur la table de chevet qui rejoignit peu à peu une nouvelle section de la bibliothèque qui était réservée à Birgitte. Aux yeux de mon père, Göran Tunström était le plus grand, avec Gunnar Ekelöf, qu'il m'obligea à lire dès lors que je fus capable de déchiffrer les syllabes. Et puis : Graham Greene, Hemingway, Steinbeck, Eyvind Johnson, Selma Lagerlöf, les livres de photographies et Ed McBain en doubles rangées, sans oublier la plupart des œuvres de Sven Lindqvist, qu'il adulait. Il lut *En älskares dagbok*[1] et me le donna dès qu'il l'eut terminé, une sorte d'éveil à la langue pour moi. J'étais une jeune adolescente ; la veille, nous nous étions disputés jusqu'à ce que le voisin se mette à frapper contre le mur, j'étais enragée contre la plupart des choses de ce monde, mais le lendemain, le livre m'attendait à ma place au petit déjeuner. Cela s'avéra être un prêt de longue durée parce qu'il figure encore dans ma bibliothèque. Chaque jour était un nouveau jour pour mon père qui n'était pas rancunier. Ils

1. Non traduit en français, le titre signifie « Journal d'un amoureux ».

partageaient la bibliothèque mal rangée, à moitié classée jusqu'au jour où Birgitte fit de la place et instaura une étagère avec un nouveau type de livres, *Aime-toi toi-même* fut le premier à se retrouver entre les serre-livres ornés du yin et du yang qu'elle avait achetés dans la boutique ésotérique Vattumannen rue Drottninggatan. Ce fut le début d'une nouvelle ère dans la bibliothèque, l'époque de Jung, Janov, Fromm, l'astrologie, les aimants, les cristaux, les cartes de tarot, où rien n'excluait autre chose. Elle s'adonnait à l'interprétation des rêves, au massage ayurvédique, de petits tas de légumes racines râpés se dressaient sur son assiette tandis que nous autres dînions, et elle dépensait une fortune chez un homme qui balançait un pendule au-dessus de son corps tout en posant des questions à ses organes. Apparemment, les organes eux-mêmes pouvaient exprimer leurs déséquilibres par le biais de cet objet oscillant. Elle passa un week-end à Öland enveloppée dans de la boue et de l'avocat. Elle se rendit dans le Jutland pour pratiquer la danse africaine libératrice, assista à un cours sur les couleurs et ne porta que des vêtements jaunes pendant plusieurs semaines, elle se fit interpréter son aura par un gourou de passage, elle buvait des boissons chinoises en poudre qui sentaient le foin, elle voyait des médiums et exécutait de petits cercles du majeur sur mon front avant mon départ pour l'école. Jamais je n'aurais eu l'idée de m'y opposer. J'étais née sous le signe du Scorpion, par conséquent, aux yeux de Birgitte, j'étais prédisposée à être critique et grincheuse, et je n'avais aucune envie de réaliser cette prophétie de mon plein gré. Lorsqu'elle prononçait des phrases comme « Tes chakras sont déséquilibrés » ou « Le lundi est un bon jour pour un yin puissant », les autres membres de la famille s'abstenaient de tout commentaire. Elle cessa de lire le journal, car il sabotait les énergies positives du matin. Au cours d'une séance dans le sous-sol d'une de ses connaissances, elle avait passé des heures avec des escargots importés qui lui rampaient sur le dos, un traitement visant à purifier le corps de produits dérivés non spécifiés. Elle jeûnait pendant des semaines, pratiquait la purge yogique, se lavait le nez à l'eau salée et me tartinait les mains d'huile de coco quand elles étaient sèches. « Tout ce que tu vois à la pharmacie contient du poison. » Les images de cette époque sont faciles à dater. Nous sommes à la campagne, nous avons loué une maison à Ingarö, c'est le début de l'automne, Birgitte a les cheveux teints au henné, hirsutes, elle porte une veste en daim à épaulettes et un pendentif yin et yang. Toujours le yin et le yang. Je n'ai jamais entendu une bonne explication de la signification de ces symboles. À peine une décennie plus tard, j'embarquai dans un train qui traversera toute l'Union soviétique et la Mongolie jusqu'à Pékin, mais nulle part dans toute l'Asie du Sud-Est, où je voyageai pendant huit mois, je ne vis le yin et le yang ailleurs que sur des babioles vendues aux touristes tels que Birgitte. Sur la photo, elle a l'air anémiée après des semaines de jeûne aux fruits. L'été est terminé et nous quitterons bientôt la maison d'Ingarö. « Ah, cette période-là ! » Ma sœur assise sur un transat au centre du cliché, une guitare dans les bras, mon père à côté d'elle, tenant à la main l'obturateur de l'appareil photo, lequel était probablement placé sur le rebord de la fenêtre, le regard de Birgitte un peu distant, fuyant. Peut-être s'inquiète-t-elle déjà du retour en voiture – ne rien oublier, éviter l'accident, s'assurer que tout le monde est attaché, trouver une place de stationnement qui n'expose pas à une amende. On m'aperçoit à l'arrière-plan, à moitié sortie de l'image, chaussons noirs en tissu aux pieds, épais livre de poche malmené à la main, *Vinter i paradiset*[1]. Quiconque est capable de décrire la nature ainsi a rempli sa mission vis-à-vis du monde. Peut-être Birgitte se définissait-elle comme une personne « en quête perpétuelle », peut-être affirmait-elle aussi qu'elle avait trouvé quelque chose. La plupart des gens qui cherchent réellement finissent bien par trouver quelque chose, j'imagine, si les recherches sont faites avec sérieux, si elles s'appuient sur une véritable volonté de se voir, de creuser derrière ce visage familier dans le miroir. J'ai rencontré bien des personnes en quête perpétuelle, qu'elles l'assument ou non, et

1. De Ulf Lundell, 1981, non traduit en français.

j'en suis une moi-même, sans doute, mais pour ce qui est de Birgitte, je ne crois pas que la quête ait été autre chose qu'un mouvement d'esquive, une posture, une manière renouvelée de se montrer superficielle. Et par « superficielle », je ne veux pas dire « banale », mais plutôt « incapable » d'authenticité, cette capacité lui ayant été dérobée. Elle remontait constamment à la surface, comme toutes les personnes rongées par une profonde inquiétude, pleinement occupées à garder le monde en place et à en prévoir les dangers. L'inquiétude la maintenait à l'orée de l'existence et, dans ce sens, elle était peut-être banale, malgré elle et contre son gré. L'approfondissement exige de lâcher prise, la surveillance perpétuelle de l'espace et du temps doit cesser au profit d'une chute sans retenue en soi-même, en quelqu'un d'autre, ou dans l'une des innombrables brèches de l'existence. Il me semble qu'elle aborda toutes ces questions avec un pasteur qu'elle voyait pendant un temps, Lars-Åke, « un vrai médecin de l'âme, je peux te l'assurer ». Birgitte ne voyait aucune contradiction entre toutes les théories divergentes visant à définir le réel, Dieu, Jésus et le zodiaque, l'aura et les cristaux, les voyantes, les pierres et la boue cicatrisante. Tout fusionnait, et ce qui fonctionne fonctionne, affirmait-elle. J'ignore ce qu'en pensait Lars-Åke, mais quand nous nous rencontrâmes pour préparer les funérailles de Birgitte (elle souhaitait qu'il les célébrât), il me considéra avec le regard de celui qui sait, mais ne peut rien dire. Il posa une main si tendre sur mon épaule après mon discours lors de la cérémonie. « Vous vous ressemblez physiquement, dit-il, et je hochai la tête, certaine de ce qu'il s'apprêtait à ajouter, mais la ressemblance s'arrête là. »

Et la fin ? Mieux qu'attendu et pourtant terrible, broyée par la maladie pendant quelques mois au cours desquels on lui administra tant de benzodiazépines contre l'angoisse que son regard était embué dès le déjeuner, ses pupilles dilatées qui restaient fixées des heures sur les points émaillant le mur à côté de son lit. Son conjoint (Petter, le dernier homme de sa vie) lui tenait la main et lui parlait sans obtenir de réponses, ce qui ne semblait pas le préoccuper. Au cours des dernières semaines, elle perdit d'abord le langage, puis la vue, elle passait le plus clair de son temps allongée à marmonner, mais agitait vivement les mains dès qu'elle entendait ma voix. Peut-être voulait-elle dire quelque chose. Assise à son chevet, je pensais à la littérature mondiale, à l'histoire du cinéma qui croulent sous ce genre de scènes, quand un mourant, avant son dernier soupir, finit par communiquer un message important, donne une explication, un « pardon » ou quelques mots d'apaisement, mais que le lieu où je me trouvais était si rarement représenté, le sentiment d'arriver trop tard, que tout ait été vain, et que même ce dernier vide entre nous ne pouvait s'expliquer ni être formulé. Rien ne s'acheva, aucun « pardon » ne fut prononcé, si tant est qu'un « pardon » eût dû être prononcé. Et par laquelle d'entre nous ? Je l'ignore encore. Elle respirait avec une telle fébrilité, jusqu'à son dernier souffle. L'inquiétude fut la dernière chose à quitter son corps. Mais juste après, quand son conjoint fut sorti appeler une infirmière pour l'informer que c'était fini, je l'ai sentie me frôler, elle était si près de moi. Tu es libérée de tout cela, maintenant, songeai-je.

Elle avait commencé les benzodiazépines dès la fin des années quatre-vingt, juste après le divorce, quand ma sœur l'avait convaincue de consulter son médecin pour ses insomnies. Peut-être y avait-il là-dedans une manière de réponse à la quête de Birgitte, après tout, quelque part dans ce composé chimique lénifiant. Les comprimés ronds et blancs s'achetaient par boîtes de cent et devinrent vite ses amis. Plus tard, en aidant à débarrasser ses affaires et en vidant l'armoire à pharmacie, je pris conscience que les ordonnances avaient été prescrites par différents médecins, qu'elle s'était rendue jusqu'en Norvège pour en obtenir davantage. Je l'imaginais en consultation, son charme doux, son regard craintif et les pharmacopées qu'elle mentionnait comme ça, en passant, de cette voix suppliante à laquelle les hommes autour d'elle semblaient toujours se soumettre. Elle ne cachait pas son besoin principal, *être protégée durablement*, et la plupart des hommes qu'elle rencontrait obtempéraient, dans la mesure de leur capacité. Une fois le divorce acté, ils avaient été nombreux, ceux qui voulaient protéger et aimer, des célibataires, des jeunes divorcés, et même certains mariés gravitaient autour d'elle, ainsi que des nouvelles connaissances qu'elle avait rencontrées dans des bars, des restaurants ou des dîners où la traînaient ses amies. Birgitte n'était plus particulièrement jolie, mais il lui restait tout ce qui plaît aux instincts de ces hommes désireux d'aider, soutenir, guider, comprendre. J'avais déjà quitté le domicile familial et, à cette époque, je la voyais rarement, mais ma sœur vivait avec elle et me parlait des hommes qui prenaient leur petit déjeuner dans la cuisine le matin, ou sonnaient à la porte tard le soir, un bouquet de fleurs à la main. Birgitte pouvait choisir selon son bon plaisir, même si elle ne le voyait sans doute pas ainsi, et certains hommes restaient un mois, tandis que d'autres s'en allaient, penauds, au milieu de la nuit, laissant le bouquet dans un vase sur la table de la cuisine. *A posteriori*, cela peut ressembler à une position de supériorité, avec des cavaliers à la file, mais leur protection était bien entendu conditionnelle. Leur bienveillance était assortie de clauses. Son angoisse pouvait sembler si folle, si absurde, si psychiatrique et primitive, mais en dehors de la famille, enfin, la famille composée d'elle, mon père, ma sœur et moi, elle parvenait à la dompter, à la faire entrer dans le moule de la normalité. Cette tâche perpétuelle, s'évertuer à faire passer pour normale sa fragilité, était le grand effort de toute sa vie, la condition *sine qua non* pour être touchée par l'amour du reste du monde. Les médicaments lui facilitèrent la tâche. Elle ne voulait plus s'arrêter, ne le *pouvait* plus, et Petter, qu'elle rencontra lors d'un dîner un an après le divorce, ne vit l'entièreté de son iris ni ce soir-là ni aucun autre soir, mais il ne l'en adora pas moins. Sur les photographies des voyages qu'ils firent ensemble, à Gran Canaria surtout, elle sourit avec une telle douceur vers l'appareil. J'imagine qu'ils possédaient un appareil de poche avec autofocus, un de ces modèles argentés avec zoom et flash intégrés, et qu'ils demandaient à des passants de leur tirer le portrait. Ils sont au restaurant, debout sur une plage ou sur un rocher devant la mer, et ces images ressemblent à s'y méprendre à des centaines d'autres clichés que j'ai vus de ces endroits, comme s'ils sortaient d'un fantasme commun de vacances au soleil. Elle paraît plus ronde, les cheveux teints noués en chignon, et Petter est souvent placé derrière elle, un peu décalé, comme préparé à un épisode de chute ou de perte de contrôle. Il était le plus stable de tous ceux qu'elle avait rencontrés, économiquement indépendant, il ne cherchait pas les problèmes, il avait des enfants adultes et une courte chevelure bouclée. Ils avaient songé à se marier, mais elle était tombée malade une première fois. L'angoisse était monumentale, les boîtes de petits amis blancs se vidaient de plus en plus vite, assise toute droite dans le canapé, elle pleurait de panique quand je lui rendais visite. C'était six mois avant le passage au troisième millénaire, elle n'avait même pas cinquante-cinq ans. Petter lui caressait le dos sans qu'elle semble le remarquer. « Nous allons surmonter ça », disait-il, et je lui étais reconnaissante de bien vouloir être ce « nous » avec Birgitte. Je ne l'ai jamais entendue exprimer de grands sentiments amoureux à l'égard de Petter, mais elle eut quelques années tranquilles jusqu'à la seconde et dernière apparition de sa maladie, sous sa protection, derrière les voiles de ses petits amis blancs, une nouvelle fois survivante, malgré tout.

Quand je donnai naissance à ma fille (hôpital Södersjukhuset, dix-neuf heures de travail, Sally coupa le cordon) et que je reçus la visite de Birgitte et Petter le lendemain, l'enfant s'endormit immédiatement dans les bras de Birgitte. Petter et moi discutâmes, ils revenaient d'un voyage sur la côte atlantique espagnole, mais elle gardait le silence, assise sans bouger, à contempler la fillette endormie. Le premier enfant de son enfant sur ses genoux, peut-être y avait-il là un motif d'apaisement, un répit. Peut-être l'apocalypse semblait-elle à présent un peu plus lointaine, comme si Birgitte s'était enfin accrochée quelque part, s'était ancrée, avait pris racine, avait enfoncé un pilier dans le temps. Ma fille et elle eurent quelques années ensemble, mais pour mes jumeaux, Birgitte n'est autre qu'une pierre tombale et une image en noir et blanc au coin du miroir de ma chambre à coucher. En novembre, nous nous rendons généralement une fois au cimetière Skogskyrkogården, nous emportons des bougies d'extérieur et retrouvons Sally et ses enfants à l'entrée (la tombe de son père se trouve à trois cents mètres de celle de Birgitte), et au cours de la promenade entre les sépultures, les années se meuvent latéralement autour de nous derrière leurs minces coulisses. Du point de vue des défunts, la chronologie ne revêt aucune importance, seuls les détails comptent, le degré de condensation, ce *comment*, ce *quoi* et tout ce qui relève du *qui*. Plus jeune, j'aspirais à voyager davantage, plus loin, à l'étranger, à me trouver en perpétuel mouvement, pour sortir, vivre vraiment, mais après coup, j'ai compris que ce que je cherchais se trouvait ici, en moi-même, dans tout ce qui m'entoure, dans ces gagne-pains qui devinrent mes emplois véritables, dans le caractère lancinant du quotidien, dans les yeux de ceux que je croise quand mon regard s'attarde. Après la fièvre, je reprends la plume, comme lorsqu'une vieille blessure dont on se languissait se déchire et se remet à saigner, et j'imagine qu'il manque des pièces du puzzle, lorsque l'on dépeint les autres et que l'on finit par ne plus savoir qui est représenté. À côté de l'une des tombes, Sally sort un thermos de café, des gobelets en plastique, et trinque avec les pierres alentour. « Bientôt, ce sera trop tard, dit-elle en me tendant le thermos. C'est pourquoi nous devons faire de notre mieux. »

CATALOGUE

Anuk Arudpragasam
Un passage vers le Nord
Traduit de l'anglais (Sri Lanka) par Dominique Vitalyos
2023

Christian Astolfi
De notre monde emporté
2022

Hanna Bervoets
Les choses que nous avons vues
Traduit du néerlandais par Noëlle Michel
2022

L'expérience Helena
Traduit du néerlandais par Anne-Laure Vignaux
2023

Paolo Giordano
Tasmania
Traduit de l'italien par Nathalie Bauer
2023

Anna Hope
Le Rocher blanc
Traduit de l'anglais par Élodie Leplat
2022

Alice Kaplan
Maison Atlas
Traduit de l'anglais (États-Unis) par Patrick Hersant
2022

Semezdin Mehmedinović
Le matin où j'aurais dû mourir
Traduit du bosnien par Chloé Billon
2022

Noëlle Michel
Demain les ombres
2023

Touhfat Mouhtare
Le Feu du Milieu
2022

Sara Mychkine
De minuit à minuit
2023

Maude Nepveu-Villeneuve
Après Céleste
2023

Aslak Nore
Le Cimetière de la mer
Traduit du norvégien par Loup-Maëlle Besançon
2023

Boris Pétric
Château Pékin
2022

Stine Pilgaard
Le pays des phrases courtes
Traduit du danois par Catherine Renaud
2022

Les monologues de l'hippocampe
Traduit du danois par Catherine Renaud
2023

Anne Sénès
Chambre double
2023

Michèle Standjofski
Mona Corona
2023

Juan Tallón
Chef-d'œuvre
Traduit de l'espagnol par Anne Plantagenet
2023

Akos Verboczy
La maison de mon père
2024

Lisa Weeda
Le palais des Cosaques perdus
Traduit du néerlandais par Emmanuelle Tardif
2023

Sylvia Aguilar Zéleny
Poubelle
Traduit de l'espagnol (Mexique) par Julia Chardavoine
2023

Pour en savoir plus sur nos publications
et suivre notre actualité,
vous pouvez consulter notre site Internet
www.lebruitdumonde.com

Ouvrage réalisé par Nord Compo à Villeneuve-d'Ascq

Achevé d'imprimer par
Normandie Roto Impression s.a.s.
N° d'édition : M20648/01
N° d'impression : 2304275
Imprimé en France